악의 평범성

창비시선 453

악의 평범성

초판 1쇄 발행 / 2021년 2월 5일
초판 5쇄 발행 / 2024년 12월 30일

지은이 / 이산하
펴낸이 / 염종선
책임편집 / 황혜숙
조판 / 한향림
펴낸곳 / (주)창비
등록 / 1986년 8월 5일 제85호
주소 / 10881 경기도 파주시 회동길 184
전화 / 031-955-3333
팩시밀리 / 영업 031-955-3399 편집 031-955-3400
홈페이지 / www.changbi.com
전자우편 / lit@changbi.com

ⓒ 이산하 2021
ISBN 978-89-364-2453-4 03810

악의 평범성

이산하 시집

창비

차
례

제1부

제2부

제3부

제4부

제 1 부

지옥의 묵시록

베를린의 유년 시절 어린 벤야민은 설핏 잠들었다가
창으로 달빛이 들어와 방 안을 가득히 채우자
그 방이 달빛과 둘이서만 있고 싶은 것처럼 느껴져
슬며시 다른 방으로 자리를 피해준 뒤
베개에 얼굴을 묻고 혼자 아침까지 울었다.

정신착란 증세로 10년 동안 식물인간처럼 살았지만
마지막에는 신 없이도 죽을 수 있었던 니체는
어느 추운 겨울날 아침 토리노의 골목을 산책하다가
늙은 마부의 모질고 잔인한 채찍질에도
비명 없이 꼼짝도 않는 말의 목을 끌어안고 울었다.

나는 저렇게 표면이 심연인 듯 울어본 적이 없었다.

어린 여우

어린 여우가 강을 거의 다 건너자마자, 그만 꼬리를 물에 적시고 말았다
(『易經』 64괘—'未濟' 편 괘사)

그곳으로 가는 길에는 강이 하나 있다.
어린 여우가 건너기엔 가라앉지 않을까 우려되는
깊고 물살 센 강이 하나 있다.
그 강을 건널 수 없다는 것을
어린 여우는 이미 알고 있었다는 듯
나에게 붉은 꼬리를 흔들어 보인다.
그러나
내 눈에는 그 꼬리가 찬란한 깃발처럼 보인다.

이른 새벽
나는 강 앞에 쭈그리고 앉아 어제 먹은 것들을 토해낸다.
부서지지 않은 밥알들이 나를 빤히 쳐다본다.
이젠 밥알 하나조차 변화시킬 수 없는
내 안의 마지막 배수진마저 무너진 것 같아
강물에 떠내려가는 지푸라기에도 큰절을 한다.
어차피 마음밖에 건널 수 없는 강
그 너머 또다른 무엇이 존재할지 몰라도
결코 지금의 여기보다 더 허무할 수는 없겠지.

제아무리 달음박질쳐도 끝내 닿을 수 없는 곳
닿더라도 지나온 길이 다 무너져야만 시작되는 곳
지금도 꼬리를 높이 치켜들고
부지런히 강을 건너가는 어린 여우여
네 남루한 깃발이 흘러간 아름다움이 아니라면
물에 적신들 가라앉기야 하겠느냐.
가라앉은들 빛이 바래기야 하겠느냐.

그곳으로 가는 길에는 강이 하나 있다.
어린 여우가 건너기엔 가라앉지 않을까 우려되는
깊고 물살 센 강이 하나 있다.

먼지의 무게

복사꽃 지는 어느 봄날
강가에서 모닥불을 피워 밥을 지었다.
쌀이 익어 김이 모락모락 피어올랐다.
저녁노을 아래 밥이 뜸 들어갈 무렵
강 건너 논으로 물이 천천히 들어가고 있었다.

문득 네팔의 한 화장터가 떠올랐다.
'퍽!'
'퍽!'
여기저기 불길 속으로 머리들이 터졌다.
사방으로 흩어진 뇌수를 개들이 핥아먹었고
아이들은 붉은 잿더미를 파헤쳐 금붙이를 찾았다.
인간이 재로 바뀌는 건 두 시간이면 충분하지만
가난한 집의 시신들은 장작 살 돈이 부족해
절반만 태운 채 강물에 버려지기도 했다.
그들은 언제나 머리를 가장 먼저 불태운 다음
마지막으로 두 발을 태웠다.
나는 한동안 생각을 지탱한 머리와
세상을 지탱한 발을 비교하며

삶의 무게를 저울질하다 재처럼 풀썩이고 말았다.
인간이 어떤 것의 마지막에 이른다는 것
그 지점에 도달해서야 비로소
먼지의 무게를 재며 다시 처음으로 돌아간다는 것

밥이 뜸 들어가는 저녁마다 난 여전히
시를 짓듯 죄를 지었고
죄를 짓듯 시를 지었다.
오늘따라 눈물이 강물보다 더욱 깊어가는 것도
단지 먼 길을 돌아온 세월 탓만은 아니리라.

나는 물방울이었다

깊은 밤 내 이마 위로 물방울이 떨어졌다.
천장에서 약 2분 간격으로 일정하게 똑, 똑 떨어졌다.
누수현상이 장마 탓인지 윗집 탓인지는 알 수가 없었고
내 몸은 이상하게 사지가 묶인 듯 꼼짝도 할 수가 없었다.
처음에는 물방울이 톡, 톡 튀어 시원했다.
이미 잠은 달아나 어둠속을 가만히 응시했다.
어디선가 종소리가 아득히 들려왔다.
한동안 종소리에 실려 먼 여행을 떠났다.
고향으로 가는 길은 가장 멀었다.
얼굴과 머리맡이 촉촉해졌다.

한 시간쯤 지나자 물방울의 강도가 바뀌었다.
작은 돌이 이마에 떨어지는가 싶더니
세 시간쯤 지나서는 망치로 못을 박았고
다섯 시간쯤 지나서는 도끼로 이마를 꽝, 꽝 내리찍었다.
이제 이마는 물방울이 떨어지기 전에 이미 도끼에 찍혔다.
이때부터 난 환청과 환시에 시달렸다.
한 장수가 젊은 포로를 잡아 눈도 가리고 손발도 묶어
적군의 매복지를 실토할 때까지 막사 추녀 밑에 세워놓았다.

정수리에 빗물이 일정하게 떨어지는 '물방울 고문'이었다.
한 젊은이가 큰 소금독에 묻혀 목과 머리만 위로 내놓았다.
절인 생선처럼 그의 몸에서 천천히 물방울이 빠져나갔다.
염소들이 차례차례 의자에 묶인 여자의 발등을 핥고 있었다.
옆에서 남자가 웃으며 계속 상처에 소금을 뿌렸다.
낡은 수도꼭지에서 똑, 똑 떨어지는 물방울을 서로 먹으려고
사투를 벌이는 아우슈비츠의 비명이 들려왔다.
시골집 추녀 밑의 바닥이 움푹 패어 있었다.
실성한 포로와 젊은이의 웃음소리가 들려왔다.

그날 이후 세상의 모든 것들은 물방울로 보였다.
자세히 보면 맑고 투명한 물방울 속에는
삶과 죽음의 경계를 허물어 고요해지는 그 무엇이 숨어 있다.
자신을 적당히 허물어 절반의 미련을 남기는 법도 없고
비루한 생의 잉여까지 저물도록 방치하는 법도 없다.
언제나 자신의 형체를 완전히 파괴해 완전히 증발시켜버렸다.
내가 물방울 앞에서 물방울보다 먼저 무너지는 이유였다.
나는 여전히 다른 세상으로 가는 입구를 찾지 못했고
내가 찾을 때쯤이면 입구는 이미 출구로 바뀌었다.

그러므로 나는 여기서 계속 물방울을 맞으며 부서져야 했다.

그러다 어느날 갑자기 그 무엇이 도끼처럼 내 정수리를 찍었다.
실은 내 자신이 물방울이 아니었던가.
물방울의 모순과 분열을 애써 숨기지 않았던가.
부정하고 싶어도 내가 물방울이 아니란 것을 증명할 길이 없
었다.
늘 똑같은 것이 반복되면 똑같지 않은 것이 전복되므로
무수히 많은 세계들이 그 물방울에 부서져 증발했을 것이다.
오늘도 물방울은 여전히 일정한 간격으로 똑, 똑 떨어졌고
그 속에는 예기치 않은 그 무엇이 숨어 있다.
그러나 아무도 그 무엇을 보여주지 않았다.
그러나 아무도 그 무엇을 증명하려 하지 않았다.
내 눈에는 모두 물방울이었는데 아무도 물방울이 아니었다.

욕조

어렸을 때는 겨울 저수지에 빠져
간신히 죽다가 살았고
젊었을 때는 욕조에 빠져 평생 먹을 물을
하루에 다 먹은 적이 있었다.
헌법이 태어난 넓이 107×60cm, 깊이 50cm
그 이후 이 세상은 작은 욕조였고
이 세상에서 가장 깊은 곳도 욕조였다.

어느날 우연히 길거리 모조품 노점상에서
내 영혼이 감전될 것 같은 게 눈에 띄었다.
금방이라도 악의 평범성을 증명할 것 같은
자코메티의 조각상 「걷는 사람」이었는데
난 얼른 운구해 빈 욕조 안으로 입관했다.
그때부터 욕조가 봉쇄수도원으로 바뀌었다.

바닥

누군가 인생의 바닥까지 내려가봤다고 말할 때마다
누군가 인생의 바닥의 바닥을 치고 올라왔다고 말할 때마다
오래전 두 번이나 투신자살에 실패했다가
수중 인명구조원으로 변신한 어느 목수의 얘기가 떠오른다.
어떤 이유로든 사람들이 강에 투신자살하면
거의 '99대 1 현상'이 나타난다고 한다.
시신의 99%는 강물 속으로 가라앉다가 그대로 흘러가버리고
1%는 투신한 자리에서 다시 수면 위로 떠오른다는 것이다.
흘러간 시신은 강의 바닥까지 가라앉지 못한 시신이고
떠오른 시신은 강의 바닥까지 완전히 가라앉은 시신이란다.
물론 잠시 머문 뒤 떠내려가기는 마찬가지다.
  그런데 그 자리에서 다시 수면 위로 떠오른 시신들은 한결같이
  반쯤 눈 감은 채 미소를 머금어 마치 불상처럼 보인다고 했다.

  어떤 생이든 막다른 벼랑에서 떨어져 바닥에 이르면
  그곳이 정말 더이상 떨어질 수 없는 바닥의 바닥이라면
  관짝을 부수고 나온 부처의 맨발처럼 오히려 고요해질지도
모른다.

고요해지면 더이상 두렵거나 더이상 취할 것도 없을 것이다.
그래서 난 바닥을 쳤다는 말을 들을 때마다 숨이 멎는다.
물론 욕망과 탐욕의 덩어리가 되어 바닥에 이르기도 전에
흘러간들
바닥을 치고 다시 떠올라 잠시 세상을 애도하고 흘러간들
시신을 염하고 운구하는 강물의 숨결은 한결같을 것이다.
언젠가 내 몸도 바닥에 이르지 못한 채 흘러가겠지만
언제나 가벼운 생일수록 바닥을 쳤다고 더욱 강조하겠지만
이제는 강물의 색깔만 봐도 수심을 안다는 목수의 말만큼은
바닥의 바닥을 치고 다시 수면 위로 떠오를 것을 믿는다.

그는 목발을 짚고 별로 간다
바닥을 치면 떠오른다(니체)

이제 그가 목발을 짚고 다닌 지 석 달쯤 되었다.
목발을 허공으로 던져버리고 싶은 나날이었지만
두 겨드랑이에 바짝 밀착해 지름길만 골라 걸었다.
두 다리는 한 발씩 번갈아 딛고 목발은 동시에 디딘다.
번갈아 걸으면 한 발은 땅을 짚으며 지탱해야 하고
동시에 걸으면 두 발은 잠깐씩 공중에 떠 있어야 한다.
언제나 다리는 번갈아 걷고 목발은 동시에 걷고자 한다.
처음에는 목발과 다리가 서로 어긋나 자주 휘청거렸고
나중에는 호흡에 익숙해져 오히려 길이 길을 불러왔다.
어쩌면 그가 그 길을 따라 목발을 짚고
별들을 향해 걸어간 것도
모두 다리와 목발의 계급적 분열에서 비롯된 건지도 모른다.

백색테러로 발목이 부러진 날 아침 그는 조간신문에서
쇠똥구리가 캄캄한 밤 은하수를 보며 방향을 찾는다는 것과
쇠똥을 빼앗기지 않으려고 짧은 직선경로를 선택해
자기 집으로 신속하게 굴리며 이동한다는 기사를 보았다.
그날 밤에도 별빛은 강처럼 흐르고 있었다.
홀로 눈부시다 지친 별들이 함께 반짝이는 은하수였다.

그는 살이 찢기고 뼈가 부러지는 그 아찔한 순간에도
목발을 짚으며 휘청거릴 별들의 지름길을 생각했다.

그는 오늘도 평소처럼 목발을 짚고 별들을 향해 걸어간다.
아파도 가야 하고 아프지 않아도 가야 하는 길
쇠똥구리가 지나간 길들은 매순간이 백척간두였다.
그 아찔한 순간이 진일보의 찬란한 순간이라면
무릇 바다를 치고 떠오른 것은 모두 계급적 분열이리라.
이제 그는 두 개의 목발을 나란히 연결해 직선경로를 만
든다.
쇠똥구리가 먼 은하수를 향해 목발을 타고 오른다.

벽오동 심은 뜻은

처음 강을 건너갈 때
나는 그 강의 깊이를 알지 못했다.
물론
그 깊이가 내 눈의 깊이라는 것도 알지 못했고
수심이 얼마나 되든 끝까지 가본 자만이
가장 늦게 돌아온다는 법도 알지 못했다.

그 강 한가운데에는 온몸이 상처투성이인
늙은 벽오동 한 그루가 지키고 있었다.
가지 위에는 일생 동안
부화할 때와 죽을 때만 무릎을 꺾는다는
백조 한 마리가 살며
생채기마다 부지런히 단청을 하고 있었다.

어느덧 세월이 흘러 허기지도록 적막한 지금도
나는 여전히 그 강의 깊이를 알지 못하고
또 백조가 왜 벽오동을 떠나지 않는지도 모른다.
다만
내 삶의 무게가 조금씩 수심에 가까워질수록

수면 위에서 반짝이고 있을 내 여생의 무늬가
강 가장자리로 퍼져나가며 단청이라도 한다면
내 비록 끝내 바닥에 이르지는 못할지라도
백조처럼 기꺼이 두 번 무릎을 꺾을 수는 있겠지.

인생목록

흙으로 돌아가기 전
눈물 외에는
모두 반납해야 한다는
어느 노승의 방

구름 같은 이불
빗방울 같은 베개
바람 같은 승복
눈물 같은 숟가락
바다 같은 찻잔
낙엽 같은 경전

그리고
마주 보는 백척간두 같은
두 개의 젓가락과
허공의 바닥을 두드리는
낡은 지팡이 하나……

엥겔스의 여우사냥

어느날 갑자기 사라진 애인이 런던의 맑스 무덤으로 가서
혼자 촛불을 들고 찍은 셀카사진을 보내왔다.

사진 밖으로 엥겔스가 개를 데리고 여우사냥을 떠나고 있
었다.

난 슬며시 해방 직후에 나온 맑스의 『자본론』을 뒤적거
렸다.

맨체스터 방직공장에서 착취당하는 10살 소녀에게

한 노동위원이 종이에 God(신)의 글자를 써보라고 하자

소녀가 거꾸로 Dog(개)이라고 썼다는 대목이 각주에 나
왔다.

때마침 신을 조롱한 맑스의 풍자에 맞춰 옆집 개들이 짖
었다.

촛불이 꺼진 광화문광장 위로 멧돼지의 유령들이 배회
했다.

다원은 맑스가 보낸 『자본론』 친필사인본을 읽다가 던져
버렸다.

진화론은 공산주의와 아무 관계가 없다는 이유였다.

그러나 맑스는 이미 다원의 생존경쟁과 적자생존에서

'계급투쟁'이라는 결정적인 아킬레스건을 찾아냈다.
맑스가 숨지자 엥겔스는 그의 이론에 진화론을 삽입했다.
제1바이올린을 보조하는 제2바이올린의 엥겔스는
한때 낭만주의 시와 고급 와인에 젖어 살던 문학청년이었다.
그에게 인간 본성은 계급 이전의 진화였을까.
그에게 자본론과 진화론은 두 개의 수레바퀴였을까.
자본주의는 위기 때마다 새로운 가면을 쓰며 폭주하고 있다.
맑스의 자본론이 오히려 예방주사가 되었는지도 모른다.
엥겔스는 다윈의 장례식장을 조문한 1년 뒤
맑스의 장례식에 가서 담담한 표정으로 추도사를 낭송했다.
"그는 모든 것에 앞서 진화론적 사고를 했다.
비록 다윈이 그 내용을 몰라서 거절했지만
맑스는 자본론의 일부를 다윈에게 바치려고 했다."

폐렴으로 숨진 맑스는 런던의 하이게이트 공동묘지에 묻혔다.
몇년 후 엥겔스도 숨졌지만 제1바이올린의 화려한 선율을
가리지 않기 위해 맑스 옆에 눕는 대신 화장되었다.
유골도 신을 개라고 쓴 방직공장 소녀가 투신한 강에 뿌려
졌다.

얼마 후 맑스의 딸 라우라도 남편과 함께 동반자살했다.

"더이상 존재할 이유가 없다"는 이유였다.

조문 온 레닌의 추도사를 들으며 맑스는 반쯤 눈을 감았다.

"라우라 부친의 꿈은 예상보다 빠르고 거침없이 실현될 것이다."

그 꿈은 7년 뒤에 이루어졌고 70년 뒤에 무너졌다.

개를 데리고 여우사냥을 떠났던 엥겔스는 멧돼지를 잡았고

내 애인은 여전히 맑스 무덤에서 혼자 중얼거리며 촛불을 들고 있었다.

아마 엥겔스가 사진 안으로 돌아오기를 기다리고 있는지도 몰랐다.

가장 위험한 동물

몇년 전 유럽여행 때
한 체험학습 실내동물원을 구경했다.
방문마다 사슴, 늑대, 사자, 악어 같은
동물들의 이름이 새겨져 있었다.
마지막 방문에는
'세상에서 가장 위험한 동물'이라고
깊이 새겨져 있었다.
호기심에 얼른 문을 열었다.
방은 텅 비어 있었고 정면 벽에
커다란 거울 하나가 걸려 있었다.
내 얼굴이 크게 비쳤다.

항소이유서

장백산 줄기줄기 피어린 자욱
압록강 굽이굽이 피어린 자욱
……

28살 무렵 '한라산 필화사건'으로 구속되었을 때
적의 심장부에 두번째 폭탄을 던지는 심정으로
항소이유서에 '김일성 장군의 노래' 가사를 썼다.
담당 변호사가 급히 교도소로 달려와 말을 더듬거리며
"다, 당신, 주, 죽으려고 환장했느냐.
지금 검찰과 법원까지 발칵 뒤집혀 황교안 공안검사가
이자는 손목을 잘라 평생 콩밥을 먹이겠다고 난리"라며
잔뜩 흥분해 소리쳤다.
그리고 여죄를 캐며 추가조사에 들어간다고 했다.
난 아무 말 없이 창문 밖의 하얀 자작나무만 쳐다보며
저 백척간두의 꼭대기로 망명하고 싶다고 생각했다.

얼마 전 김수영 시인의 미발표 유고시 발굴 기사가 나왔다.
표현의 자유를 개탄한 '김일성 만세'라는 작품이었는데
4·19혁명 뒤에 썼다가 발표되지 않고 50년 후 공개되었다.

유통기한이 지난 약처럼 공개되어도 안전할 때 공개되었다.
허용된 무기는 이미 무기가 아니다.
모두 김수영 신화만 덧칠할 뿐 썩은 사과라고 말하지 않았다.

아마 그때 129번째쯤 자작나무 잎을 세다가 멈춘 것 같은데
갑자기 상처 입은 새 한 마리가 날아와 가지에 앉더니
나에게 항소하듯 잠시 눈부시게 피어올랐다가
이내 담장 너머로 이송되었다.
담장 안에는 아직도 하얀 유골 같은 자작나무들이 자라고
있고
난 여전히 망명도 못한 채 혼자 불을 피우고 혼자 불을 끄며
저 지극한 난공불락의 자작나무 꼭대기만 쳐다보고 있다.

가장 먼 길

숟가락은 수직으로 떨어지는
한 방울의 눈물 같고
젓가락은 마주 보는
두 개의 백척간두 같다.

숟가락이 밥 속으로
수직으로 푹 찔러 들어가
바닥을 긁고 나면
비로소 젓가락은 수평을 이룬다.

눈물이
백척간두에서 한 발 내디딘다.

나는 흩어진 밥알처럼
바닥에 바싹 붙은 채
숟가락과 밥그릇 사이가
가장 먼 길임을 깨닫는다.

지퍼헤드 1

황해도 사리원의 정방산 기슭에서 태어나 성불사 깊은 밤
그윽한 풍경소리 가곡을 들으며 자란 22살의 소심한 청년은
'6·25 한국전쟁' 때 갑자기 북한 인민군으로 참전해
낙동강 전선까지 내려왔다가 맥아더 인천상륙작전 뒤
부상당한 친구를 업고 후퇴하다가 청송 주왕산에서 잡혔다.
그런데 총살 대신 남한 국군 총알받이로 역투입되는 바람에
탈출하다가 다음해 다시 미군병사한테 잡혀 즉결처형 직전
황무지 같은 섬 거제도 포로수용소로 끌려갔다.
비정규군인 빨치산들이 감옥으로 끌려가 국군의 후퇴 때마다
총살되는 것에 비하면 그나마 다행이었다.

헌병들이 감시하는 막사는 인민군과 중공군 포로로 넘쳤다.
날마다 송환을 거부하는 반공포로와 찬성하는 친공포로 간의
끔찍한 유혈사태로 또다른 전쟁이 계속되고 있었다.
자욱한 해무가 걷힐 때마다 목 잘린 머리들이 굴러다녔다.
포로들은 아침에 눈뜨자마자 자기 머리부터 확인했다.
붙어 있어도 다행이었고 없어져도 고통 없이 죽어 다행이
었다.
친공반공 포로들의 살육전에 미군은 목따기 베팅을 하며 즐

겼다.

청년은 단지 미리 유서를 써놓고 기적을 바라는 것뿐이었다.

휴전협정 체결 뒤 포로석방으로 중립국을 선택했지만
행정착오로 남한에 잔류하게 된 청년은 장교 막사에서 훔친
지퍼 달린 미군잠바 하나만 달랑 메고 깊은 산골로 들어갔다.
부상당한 친구를 업고 후퇴하다가 잡힌 주왕산 자락이었다.
그 오지에서 청년은 혼자 밭을 일구고 덤으로 목수 노릇도
하며
자기 손에 죽어간 자들의 십자가로 오두막집 울타리를 쳤다.
그렇게 청년은 날마다 비루한 생의 껍질을 대패로 밀고
미리 짜놓은 자기 관짝에 못을 박으며 전쟁의 악몽을 잊어
갔다.

지퍼헤드 2

어느날 우연히 「그랜토리노」라는 영화를 보는데

한국전쟁 참전용사로서 무공훈장을 받은 주인공 이스트우드가

자기 차를 훔치려는 동양계 소년에게 M1개런드 소총을 겨누며

"릴랙스, 찌퍼헤드"라고 소리쳤다.

내 귀엔 '쫄지 마, 이 찌퍼대가리야'라는 뜻으로 들리면서

오래전 혈혈단신으로 살아온 청년의 술주정이 벼락같이 꽂혔다.

'이 찌퍼대가리 같은 간나새끼 ──'

법 없이도 산다는 사람의 외로움을 스스로 달래기라도 하듯

혼자 폭음을 할 때마다 허공을 향해 소리쳤다.

'지퍼헤드'(Zipperhead)가 한국전쟁 때 미군지프에 깔려 죽은

북한 인민군들 머리와 몸의 바퀴자국이 마치 지퍼무늬 같다고 해서

「플래툰」 영화에도 나오듯 미군이 한국인들을 경멸할 때 쓰는

가장 잔인하면서도 가장 슬픈 말이란 걸 한참 뒤에 알았다.

오늘은 내 구속 충격으로 심장마비로 떠난 아버지의 기일이다.
난 장롱 깊이 묻어둔 청년의 색 바랜 미군잠바를 꺼냈다,
낡고 녹슨 지퍼가 열려 있었다.
떨리는 손으로 벌어진 상처를 꿰매듯 지퍼를 잠갔다.
그러자 내 머리 위로 미군지프들이 지나갔다.
바퀴자국을 꾹, 꾹 눌러 새기듯 천천히 지나갔다.
난 촘촘한 휴전선 철조망 같은 지퍼를 물끄러미 내려보다가
'이 찌퍼대가리 같은 간나새끼 —'라고 속으로 중얼거리며
지퍼 전체를 면도날로 도려내 천천히 소지처럼 불태웠다.

수의

며칠째 눈이 내려 수의처럼 세상을 계속 덮는다.
나는 내가 몇초 뒤에 뭘 생각할지도 모르고
내가 언제 어디에서 어떻게 죽을지도 모른다.
자신의 죽을 때를 알아 4년 전부터 수의를 짜고
마침내 그날이 와 자기가 가진 모든 것을 나눠준
「백년 동안의 고독」 속 아마란타처럼
나는 아직 수의를 짜지도 못하고
설령 그날이 와도 내가 가진 것이 없으니
먼지 같은 내 여윈 살 외에는 나눠줄 수가 없구나.
다만 아마란타처럼 내 많은 지인들이
먼저 죽은 이들에게 보낼 고해성사 편지를 써오면
내가 차질 없이 전해주겠다는 약속만은 꼭 지키리라.
수의가 세상을 돌돌 말아 관 속에 넣고 못을 박는다.

강

모난 돌과 바위에
부딪혀 다치는 것보다
같은 물에 생채기
나는 게 더 두려워
강물은 저토록
돌고 도는 것이다.

바다에 처음 닿는
강물의 속살처럼 긴장하며
나는 그토록
아프고 아픈 것이다.

제 2 부

붉은 립스틱

1945년 봄 유럽의 나치수용소들이 일제히 해방되었다.
수용소마다 오물과 시체들이 썩어 흘러넘쳤다.
연합군의 확성기가 "You are Freedom"이라고 외쳤고
전투기들이 공중에서 수용소 위로 구호품들을 투하했다.
구호품 중에는 다량의 붉은 립스틱 박스가 들어 있었다.
남자 죄수들이 지금 굶주리고 아파서 죽어가는 마당에
이런 게 무슨 소용이냐며 야유하고 비난했다.
그런데 립스틱은 식품과 의약품보다 먼저 동나버렸다.
다음날 아침 마침내 수용소 철문이 활짝 열렸다.
립스틱 짙게 바르고 팔의 죄수번호를 지운 여자들이
한껏 턱을 치켜들고 세상 속으로 행진했다.
그녀들의 팔과 붉은 입술이 아침햇살에 반짝이고 있었다.

마지막 연주

밤마다 바이올린 선율이 수용소에 울려퍼졌다.
죄수들은 고향과 가족을 그리워하며 위안했다.
어느날
죄수들은 모두 자기 귀를 의심하지 않을 수 없었다.
유대인에게는 연주가 금지된 베토벤의 곡이었다.
모두 눈물을 흘리며 조용히 들었다.
달빛처럼 은은하게 흐르던 선율이 갑자기 멈췄다.
다음날 아침 굴뚝 옆의 교수대에
어린 소년과 바이올린이 매달려 있었다.

아우슈비츠 오케스트라

오늘은 전체 단원들의 정기 건강검진일이다.

우리는 모두 병동 앞으로 나가 나체로 줄을 서서 대기했다.

텅 빈 마당에는 낡은 피아노 한 대가 덩그러니 놓여 있었다.

대기시간이 길어지자 길게 하품하던 친위대 장교 하나가

누가 피아노를 한번 멋지게 연주해보라고 했다.

K가 천천히 걸어나가 나무의자에 앉더니 눈을 지그시 감았다.

그는 지난해 프라하의 테레진수용소에서 온 젊은 작곡가였다.

잠시 후 우리는 모두 얼굴이 사색이 되고 말았다.

그의 연주는 장교들이 좋아하는 흥겨운 왈츠곡이 아니라

평소 내 영혼이 작곡했다고 자랑한 자신의 피아노독주곡이
었다.

다음날 새벽

기차 타고 노동현장으로 출근하는 '수감자 행진곡' 연주가
끝나자

단장이 갑자기 오후에 특별공연이 있다고 했다.

얼마 전 부임한 악단장 겸 지휘자는 작곡가 말러의 조카인데

죽음에는 리허설이 없다며 단원들을 카포 이상으로 혹독하
게 다뤘다.

우리 유대인 단원들의 공연 실수는 바로 지옥행이었다.

모두 악보와 악기를 목숨처럼 닦고 조이기에 정신이 없었다.

점심 때 우리는 묽은 감자수프를 먹고 공연장으로 갔다.

어린아이들과 머리 깎은 어른들이 손을 잡은 채 웅성거렸고

창백한 얼굴에 붉은 비트즙을 발라 건강하게 위장한 병자들
도 보였다.

모두 목욕에 대한 기대 탓인지 아주 즐거운 표정들이었다.

늘 그렇듯 악단은 밝은 표정으로 막사 무대를 정돈했고

난 악보와 트럼펫을 꺼내 다시 점검했다.

마침내 유대인 카포가 샤워실 회색 철문을 열자 우리는

베르디의 「개선 행진곡」과 스트라우스의 「푸른 도나우강」을
연주했고

카포에게 '선발'된 수백 명이 경쾌한 행진곡에 발맞춰 행진
했다.

그런데 그 긴 행렬 중간에는 어제 연주하다 사라진 K도 있
었다.

그와 눈이 마주치자 난 숨이 가빠져 트럼펫 선율이 흐트러
졌다.

단장과 카포의 눈빛이 비수처럼 내 가슴에 꽂혔다.

얼마 후 행진이 끝나고 회색 철문이 닫히자 지휘봉이 치솟았다.

단원들은 얼른 뒤돌아 앉아 다른 막사에 비명이 들리지 않도록

주페의 「경기병 서곡」을 더욱 힘차게 연주했다.

이 곡은 트럼펫 독주여서 난 하멜른의 피리 부는 사나이처럼

허리가 휘어지도록 혼신을 다해 불었다.

오늘도 우리의 '샤워심포니' 공연은 무사히 끝났다.

막사로 돌아와 낡은 수도꼭지를 트니

독가스 대신 물방울이 똑, 똑 떨어졌다.

모두 물방울 같은 하루분의 생명이 연장되었다.

물론 난 예정대로 우리 악단의 행진곡에 발맞춰 행진할 것이다.

멀리 트럼펫 같은 굴뚝 위로 검은 연기가 피어올랐다.

이제는 새들도 굴뚝의 연기를 피해 날아가고

태양도 막간을 이용해 잠깐씩 뜨고 질 뿐이었다.

크리스마스 선물

80살의 베버는 노인요양원 옆방에 들어온 뮐러라는 사람을
이름은 달랐지만 얼굴은 금방 알아보았다.

그러나 백발의 치매노인 뮐러는 전혀 기억하지 못했다.

그들의 인연은 먼 아우슈비츠 시절로 거슬러 올라갔다.

휠체어를 탄 베버는 틈날 때마다 뮐러를 만나 추억을 더듬
었다.

특별한 뇌의 손상이 없는 그의 해리성 기억상실을 회생시
키려고

베버는 나치 시절의 사진책과 상징물들까지 구해 설명했다.

6개월쯤 지나자 뮐러의 기억이 조금씩 돌아오는 듯했다.

누구나 그렇듯 상처 준 것들보다 상처 받은 것들을 먼저 기
억했다.

이때부터 베버는 요양원 주변 골목에 쌓인 쓰레기들을 가
리키며

누가 먼저 저기에 몰래 버리니 너도나도 같이 버린 것처럼

사소한 혼란을 방치하면 곧 큰 범죄로 확산된다고 강조했다.

어디선가 본 '깨진 유리창 이론'이 어렴풋이 기억났던 것이다.

얼마 후부터 두 노인은 방문을 잠그고 밀담을 나누었다.

아직도 은신 중인 아우슈비츠 나치 전범의 처형 모의였다.

그리고 성탄절 전야에 베버가 크리스마스 선물이라며
지폐뭉치와 권총을 주며 약도를 자세히 설명했다.

이튿날 여전히 기억이 오락가락하는 뮐러는 먼 여행을 떠
났다.
그는 열차와 버스 속에서 품속의 권총을 만지작거리며
난 깨진 유리창도 치워야 하고 쓰레기도 치워야 한다고
혼자 속으로 중얼거리곤 했다.
마침내 뮐러가 헤맨 끝에 겨우 목적지에 도착했다.
하얀 눈에 덮인 넓은 저택의 정원을 산책하던 백발노인이
마치 기다리고 있었다는 표정으로 말했다.
"자네가 언젠가는 한 번쯤 찾아올 줄 알았네."
"그럴 테지 골드만. 그동안 잘도 숨어 있었군.
이제야 내가 베버의 선물을 전하러 왔네."
"베버? 아……"
뮐러가 품속에서 천천히 권총을 꺼내 골드만에게 쏘았다.
"아니, 베버도 아닌 자네가 어, 어떻게 나를……"
이때 뮐러는 뭔가 큰 충격으로 갑자기 기억이라도 돌아
온 듯

한동안 생각에 잠기더니 천천히 자기 머리에 권총을 쏘았다.

오래전 밀러와 골드만의 공모로 베버의 가족이 모두 웃으며 가스실로 간 것은

어느 눈 내리는 크리스마스였다.

지난번처럼

제주도 예멘 난민문제로 강자의 숨은 발톱이 드러나고
약자를 추방시키는 국민청원에 수십만 명이 달려들 때
난 동유럽의 나치 강제수용소들을 성지순례 중이었다.
어느날 독일의 뉘른베르크 전범재판소를 찾아 헤매다가
중앙광장 근처 거의 텅 빈 마트의 진열장이 눈에 띄었다.
마트 유리문에 붙은 독일어 공고문을 친구가 번역해주었다.

친애하는 고객 여러분
어제 갑자기 갓난아기와 어린애들이 포함된
200여 명의 난민을 실은 버스들이 도착했습니다.
저희들은 난민들을 돕기 위해서
그들이 필요로 하는 매장의 모든 식료품들을
구호품으로 보냈습니다.
너무나 긴급한 상황이었습니다.
새로운 물품들은 이미 주문해놓았으며
거듭 양해를 바랍니다.
지난번처럼 고객 여러분들의 마음을 믿습니다.

나무

나를 찍어라.
그럼 난
네 도끼날에
향기를 묻혀주마.

멀리 있는 빛

친구가 감옥에 박경리의 대하소설 『토지』 한 질을 보냈다.
책을 전부 바닥에 펼쳐놓자 작은 독방이 토지로 변했다.
난 그 광활한 토지에 씨앗 대신 나를 뿌리며 장례식을 치렀다.
대학시절 시인지망생이었던 그에게 난
박상륭의 소설 『죽음의 한 연구』를 선물한 적이 있었다.
연쇄살인 뒤 나무 위에서 자진하는 주인공의 최후를 보며
그 도저한 비장미에 우리는 실성한 것처럼 얼마나 압도되었던가.
'한라산 필화사건' 수배 때도 인터뷰로 여러 번 은밀히 만났다.
내가 석방되자 '시운동' 동인들의 '이름 석방환영회'에서
그가 축가로 김영동의 노래 「멀리 있는 빛」을 불렀다.
어둠은 가까이 있고 빛은 멀리 있는 처연한 노래였다.
깊은 강 같은 노래의 행간이 진짜 노래였다.

29살 그의 눈빛은 심야극장에서 어둠보다 더 어두워졌다.
무엇을 본다는 것은 가만히 눈빛을 허용하는 것이다.
그에게 이 세계는 처음부터 폐허였고

산다는 것은 폐허 속의 마지막 잔해를 몇줌 거두는 일이
었다.

모두 장밋빛 꿈의 복선을 적당히 깔며 정서적 타협을 할 때

그는 그런 위선과 기만을 거부했다.

우리 시대의 꿈은 90%가 자본의 덫이다.

이번 기일에는 장밋빛 미래의 덫에 걸린 모든 영혼들을
불러 모아

그 광활한 토지에서 다시 장례식을 치르고 싶다.

그날의 상주는 '입속의 검은 잎'이고

문상객은 검은 꿈의 잿더미들이다.

찢어진 고무신

감옥의 독방에 살 때 내 옆방에 젊은 사형수가 들어왔다.
세상을 충격과 공포 속으로 몰아넣은 연쇄살인범이었다.
그는 한겨울에도 사각팬티만 입고 운동장을 뛰었다.
비가 오나 눈이 오나 매일 혼자 운동장을 달렸다.
우리는 서로 얼굴은 보지 못하지만 가끔 통방을 했다.
"오늘은 몇 바퀴 뛰었어요?"
"어제보다 한 바퀴 덜 뛰었어요."
대답은 늘 똑같았다.
그게 몇 바퀴인지 나는 한 번도 묻지 않았다.
아마도 '덜 뛰는' 날이 없을 때가
마지막 날일지도 모른다고 막연히 짐작만 했다.

멀리 구치소 담장 위로 낙엽이 직각으로 떨어지는
어느날 아침이었다.
평소 수런거리던 복도가 무덤 속처럼 조용했다.
유난히 큰 교도관의 발걸음 소리가 옆방에 멈췄다.
"수번 5046번 접견!"
"오늘 면회 올 사람 없는데요?"
"……"

갑자기 내 온몸에 전율이 일어났다.
옆방의 철문을 따는 둔탁한 소리가 들렸다.
난 얼른 내 하얀 고무신의 뒤축을 이빨로 물어뜯어
벽 밑에 뚫린 작은 식구통으로 내밀며 말했다.
"그 신발 내 주고 이거 신고 가요."
긴 복도로 걸어가는 그의 넓은 등을 끝까지 보았다.
그는 걷다가 자꾸 신발이 벗겨져 멈추곤 했다.
필시 먼 길 떠나는 줄도 모를 그가
조금만이라도 햇볕을 더 쬐고 가라고
난 일부러 신발이 헐렁하도록 찢어놓았다.
옆방에 새로운 사형수가 들어왔다.

노란 넥타이

넥타이공장 안은 크레졸 소독약 냄새가 진동했다.
젊은 사형수의 유언이 끝나고 목에 넥타이가 걸렸다.
얼굴에 흰 천이 덮이자 죄수의 숨소리가 거칠어지면서
코와 입에 닿은 부분이 풍선처럼 부풀어 오르내렸다.
낡은 넥타이는 목기름에 졸아서 노란색으로 변했다.
무표정한 교도소장이 손가락 하나를 까딱하자
5명의 교도관들이 동시에 집행 버튼을 눌렀다.
정상작동 버튼은 5개 중 1개이다.
'쿵' 하는 소리와 함께 죄수의 발밑이 푹 꺼졌다.
의자가 떨어지면서 넥타이가 끊어질 듯 팽팽해졌다.
얼마 전에는 줄이 끊어져 죄수가 추락하는 바람에
부러진 발목을 응급처치해 다시 매달아 집행하기도 했다.
신부의 기도소리가 뚝 멈췄고 성경책은
죽음을 먹고 자란 듯 지난해보다 더 두꺼웠다.

죄수는 자신이 살아온 삶의 무게만큼 목이 조여졌다.
넥타이가 잠시 낚싯줄처럼 부르르 떨다가 잦아졌다.
이번엔 목이 부러져 즉사하는 대신 질식사했다.
질식사는 완전한 사망까지 10분쯤 걸렸다.

3시간

내 독방은 옛날에 한 사형수가 살았던 방이었다.
그가 무기수로 감형돼 30년을 살던 어느날
친한 교도관이 3일 뒤 특사로 나갈 거라고 귀띔했지만
특사명단은 극비라 반신반의하면서도 심장이 뛰었다.
그날부터 그는 사형선고 때처럼 잠을 이루지 못했다.
석방일 아침 교도관이 수번을 불렀으나 대답이 없었다.
3시간쯤 전 화장실 창살에 목을 매어 자살한 것이다.
너무 변해버린 세상에 대한 두려움 탓이었을까.
아니면 단지 3시간을 더 기다릴 수 없었던 탓이었을까.

산수유 씨앗

전우익 선생의 휠체어를 밀며

2003년의 뜨거운 여름
전 선생이 사고로 대구의 한 병원에 입원해 있을 때
난 며칠 동안 그늘만 찾아다니며 휠체어를 밀었다.
예전 봉화 청량사를 오를 때는 그의 등을 밀었다.
선생은 질문이 곧 성찰에 이르는 길인 듯 줄곧 물었다.
왜 한국에는 도연명 같은 혁명적인 시인이 없는가.
왜 권정생 같은 동화작가가 다시 나오지 않는가.
왜 쌀알 한 톨이 이 세상에서 가장 무거운가.
왜 벼꽃이 피는 걸 개화라 하지 않고 '출수'라 부르는가.
왜 포도나무는 자꾸 사막 멀리 뿌리를 뻗어가는가.
왜 솔개는 바위에 부리를 부수고 발톱을 뽑아버리는가.
왜 큰 것은 작은 것을 겸하지 못하는가.
왜 세상은 인간이 직립한 이후부터 비극이 생기는가.
……

9년 전 세상을 떠난 선생의 질문이 아직도 귀에 맴돈다.
그의 책『혼자만 잘 살믄 무슨 재민겨』에도 나오지만
무슨 선거 때만 되면 노란 산수유 이야기가 떠오른다.
어느날

전 선생이 산수유 묘목을 밭에 심고 있는데
이웃들이 그게 언제 커서 돈이 되겠느냐며 혀를 찼다.
5년 후 심은 나무에서 노란 꽃이 몇개 달리더니
10년이 지나자 노란 숲으로 변해 향기가 마을에 진동했다.
선생은 산수유 묘목을 가꿔 이웃들에게 나눠주었다.
간혹 묘목 대신 씨앗을 달라는 사람들도 있었다.
이 대목에서 전 선생이 빙긋이 웃으며 내게 물었다.
자네는 씨앗과 묘목 중 어느 것을 받겠느냐고……
나도 빙긋이 웃으며 아무것도 받지 않겠다고 대답했다.
토양이 너무 나빠 먼저 땅부터 완전히 갈아엎지 않으면
아까운 산수유 씨앗만 버리게 될 거라고 덧붙였다.
전 선생이 다시 빙긋이 웃으며 고개를 끄덕였다.

병원 뜨락의 그늘에 저녁 어스름이 깔린다.
어둠과 빛이 교차하자 모든 것들이 지워져간다.
생사의 안팎이 이 한순간의 박명 같은 것일지도 모른다.
이젠 어제 씨앗이었던 저 나무들도 내일은 재로 변하리라.
그 잿더미에서 쌀알 같은 벼꽃들이 피어나기도 하리라.

두 바퀴를 두 손으로 직접 굴리는 이 휠체어는
천천히 손에 힘을 주는 만큼만 바퀴자국을 남긴다.

친구

시골의 초등학교 2학년 때 지각을 할 것 같아
열심히 달리다가 돌부리에 걸려 넘어졌다.
팔과 무릎이 까져 아파서 울려고 하는데
뒤따라 달려오던 아이도 내 옆에 넘어졌다.
그러자 울음 대신 웃음이 절로 터져나왔다.
우리는 서로 손잡고 벌떡 일어나 함께 달렸다.

40년 뒤 내가 친구의 어깨를 툭 치며 말했다.
"그때 고마웠어."
"뭐가?"
"어릴 때 니가 내 옆에 일부러 넘어져준 거."
"짜식, 뭐 그런 걸 아직도. 하하하……"

마당을 쓸며

옛날 할아버지들은
아침에 일어나면 마당부터 쓸었다.
매일 쓸지만 어느새 또 어지럽다.

오랜만에 집 청소를 한다.
잠시 두 가지 방법을 놓고 고민한다.
빗자루로 쓰레기를 밖으로 밀어내는 것과
진공청소기로 쓰레기를 안으로 빨아들이는 것이었다.
먼저 밖으로 배척하는 것은
오랜 시간 빗자루만 자꾸 닳고 부러질 뿐
예전의 낡은 방식에는 한계가 있었다.
그래서 일단 먼지 한 점 남김없이
모두 내 품속으로 흡수해
다시 뱉어내는 새로운 방식을 택했다.
첫번째 방법과는 달리 아주 시끄러웠지만
방도 마당도 깨끗했다.
그런데 너무 지나치게 깨끗했다.
물이 너무 맑으면 고기가 없듯
방바닥은 내 신경이 비칠 만큼 아찔했고

마당은 풀 한 포기 자라지 못할 만큼 파였다.
싹쓸이는 너무 황량해 고립을 자초했다.
게다가 먼지깔때기를 자주 갈지 않으면
자기 내부가 쓰레기로 넘쳐
스스로 악취를 풍기며 썩거나 질식했다.
다시 청소방법을 고민하기 시작했다.

오늘도 여전히 새로운 쓰레기들이 쌓인다.
밖에서 들어오는 것들
안에서 만들어지는 것들
또 수시로 안팎을 넘나들어 구분하기 어려운 것들
눈만 뜨면 방과 마당을 쓰는 자들이여
눈을 감아도 세상의 쓰레기들을 청소하는 자들이여
먼저 자기 안의 깔때기부터 조심하라.
먼저 자신의 빗자루부터 썩지 않았는지 조심하라.

용서

어릴 적 새벽마다 옆집의 달걀을 몰래 훔쳐 먹었다.
어른들이 이빨에 톡톡 쳐서 먹는 게 너무 멋있어서
나도 계속 훔쳐서 흉내를 냈다.
1주일 후 옆집 아저씨가 알도 못 낳는 게
모이만 축낸다는 이유로 암탉을 잡아 삶았다.
우리집에도 맛보라며 삼계탕 한 그릇을 가져왔다.
아버지가 장남이 먹어야 한다며 나한테 주었다.
그날 이후 지금까지 난 삼계탕을 먹은 적이 없다.
영문도 모른 채 억울한 누명으로 목숨을 잃은
50년 전의 암탉에게 용서를 빈다.

돌탑

절로 가는 오솔길
가파른 모퉁이마다
돌탑들이 쌓여 있다.
나도 빌어볼 게 많아
돌 하나 얹고 싶지만
하나 더 얹으면
금방 무너질 것 같아
차마 얹지 못하고
그냥 지나친다.
나를 하나 더 탐하는 게
이렇게 어렵구나.

푸른빛

맑은 날 아버지가 연장을 꺼내와 숫돌에 갈았다.
목수답게 날이 녹슬기 전에 수시로 갈았다.
아버지의 표정이 가장 경건하고 고요한 순간이었다.
어린 나는 물컵을 들고 옆에 쪼그리고 앉아
숫돌 위로 물방울을 낙숫물처럼 똑똑 떨어뜨렸다.
날에 갈린 잿빛 녹물이 숫돌 아래로 흘러내렸다.
아버지는 가끔 벼린 날을 손끝으로 살살 쓰다듬었는데
그때마다 살이 베일 것 같아 내 얼굴이 찡그려졌다

언제나 예리한 날의 마지막 관문은
날을 햇빛에 이리저리 비추며 나에게 묻는 것이었다.
"난 눈이 침침하니까 니가 봐. 뭐가 보여?"
나는 한쪽 눈을 질끈 감고 뚫어지게 날을 쳐다보았다.
역시 지난번처럼 푸른빛이 어렸다.
"파래요."
"하늘 말고."
"아 참, 칼날이라니까요."
"그럼 됐다."

약 40년이나 시를 썼지만
아직도 내 언어의 날에는 푸른빛이 어리지 않았다.

제 3 부

동백꽃

내가 태어나 처음 받은 저자 사인본은
고교 시절 법정스님이 직접 준 『무소유』였다.
그때 순천 조계산 중턱의 불일암 사립문 옆에는
작은 가지에 붉은 동백꽃들이 피어 있었다.
"지리산에서 내려온 물이 화개에서 섬진강을 만나는데
강폭이 좁아져 소용돌이치는 지점을 여울이라고 하지.
그런데 그 여울이 가장 격렬하게 소용돌이 칠 때가
햇빛이 가장 찬란하게 빛난다네.
문득 햇빛에 부서지는 그 찬란한 순간이 바로
백척간두에서 한 발 내디딘 순간이라는 생각이 들었지.
대하장강이 파란만장한 우리의 현대사라면
여울은 피와 뼈가 가장 많이 묻힌 통곡의 현장이겠지.
몇해 전에 떠난 목숨들도 거기 묻혀 있을 테고."

잡힐 듯 잡힐 듯 멀어져가는 얘기들을 엿들은 것 같았다.
그러나 스님의 살얼음 같은 은유들이
스님의 무덤 같은 눈물에 압도되었던 것만큼은 확실했다.
얼마 전 서초동에서 오래전 동시에 떨어진
8개의 동백꽃들이 호명되었다.

"피고 도예종, 서도원, 하재완, 이수병, 김용원
송상진, 우홍선, 여정남에 대해 판결한다.
원심을 모두 파기하고 피고들 전원 무죄를 선고한다."

고교 때 언뜻 본 그 동백꽃들의 의미를 나는
30여 년이 지나서야 깨달았고
스님이 숨지기 전 마지막으로 본 꽃도 그 동백이었다.

겨울 폭포

나이에 맞게 살 수 없다거나
시대와 불화를 일으킬 때마다
난 얼어붙은 겨울 폭포를 찾는다.
한때 안팎의 경계를 지웠던 이 폭포는
자신의 그림자를 내려다보며
여전히 공포에 떨고 있다.
자신의 모든 틈을 완벽하게 폐쇄시켜
폭포 바닥에 깔린 돌들의 외침이며
사방으로 튀어나가 아직도 돌아오지 않은
물방울들의 그림자며
지금도 자신의 정체를 드러내지 않은
저 헛것들의 슬픔까지
폭포는 물의 마디마디 꺾어가며
자신을 허공으로 던진다.
그러나 던져지면서도
폭포는 왜 정점에서 자신을 꺾는지
자신을 꺾어 왜 단숨에 비약하는지
물이 바닥을 치는 소리를 듣고 나서야 비로소
그것이 내 눈과 내 귀의 모호한 결탁임을

그것이 마침내 공포에 떠는 내 헛것의 정체임을
불현듯 깨닫는다.
폭포는 물이 아래로 떨어지는 것이 아니라
바닥을 치며 하나로 체결되는 것이다.

추모

죽은 자 여럿이
산 자 하나를
따라가고 있다.

빈틈

꽃이 나무의 상처라면
열매는 그 상처가 아문
생의 유일한 빈틈이다.

난 지금
봄에 몸이 마르는 슬픔을
지독하게 겪고 있다.

백조

백조는 일생에
두 번 다리를 꺾는다.
부화할 때와 죽을 때
비로소 무릎을 꿇는다.
나는
너무 자주
무릎 꿇지는 않았는가.

복사꽃

전쟁에 패한 장수가 낙향해
어머니의 무릎을 베고 누워
마지막으로
물끄러미 바라보는 꽃

복사밭 건너
논에 물이 들어가고 있었다.

새로운 유배지

"4·3을 기억하는 일이 금기였고
이야기하는 것 자체가 불온시되었던 시절
4·3의 고통을 작품에 새겨넣어
망각에서 우리를 일깨워준 분과 작품도 있었습니다.
이산하 시인의 장편서사시 「한라산」……"

TV의 '제주4·3' 70주년 추념식을 무심히 보는데
가수 이효리가 내 시를 낭송하는가 싶더니
추념사를 하는 문재인 대통령 입에서 내 이름까지 나왔다.
아득히 환청처럼 들리면서 현기증이 일어났다.
몸은 감옥 밖으로 나왔지만 '이산하 시인'이라는 이름은
극좌의 상징으로 30년 동안이나 세상에서 유배된 상태였다.
4·3의 진실을 폭로하다 외면당한 금기의 이름이었다.
'아 —— 이제야 유배에서 풀려났구나……'
혼자 이렇게 생각하는 순간 새로운 유배지가 어른거렸다.

폭탄

한순간에 일생을 좌우하는 운명이 결정되기도 한다.
27살 때 난 폭탄운반책에서 폭탄제조책으로 바뀌었다.
누가 봐도 폭탄을 안고 불 속으로 뛰어드는 일이어서
우리는 가스실 없는 '한국판 아우슈비츠'
제주 4·3학살의 서사시 「한라산」을 '폭탄'이라고 불렀다.
내가 최종원고를 친구 신형식 편집장한테 넘길 때
서로 농담처럼 주고받았던 얘기가 생생하게 떠오른다.

"야, 이 폭탄 내 모가지 걸고 만든 거니 잘 지켜라."
"야, 그거 터지면 내 모가지라고 붙어 있겠나. 그리고……"
"그리고…… 뭐?"
"종철이도 죽었다……"
"……"
친구의 말에 숨이 탁 막히며 고개가 꺾였다.
2주 전 물고문으로 죽은 박종철은 우리의 고교 후배였다.

국가기밀

서울시경 체포조에 검거돼 계속 고문받으며 지쳐 있던 어
느날
고향인 부산의 대공과 요원들이 불쑥 찾아와 한 시간쯤
면담했다.
27살의 짧은 생애 중 가장 긴 악몽의 나날 속에서
난 농담 반 진담 반처럼 얘기하며 딱 한 번 긴장을 풀었다.

"아이고—이왕 잡히는 거 우리한테 잡혀줬으면 얼마나
좋노. 누이 좋고 매부 좋고……"
"아니 누이는 뭐고 매부는 뭡니까?"
"아따, 우리가 남이오?"
"그라머 짭새가 남이지 형젭니꺼?"
"어허—아, 우리 같은 부산 갈매기들 아이요!"
"예? 부산 갈매기요?"
"하모!"
"저기 인천 갈매기들이 낄낄댑니더. 지들도 짭새라고……"
"아—따, 누가 골수 빨갱이 아이랄까봐 삐딱한 소리만
해쌌구마."
"근데 이미 잡혀버렸는데 말라꼬 비싼 비행기 타고 이까

지 우르르 와십니꺼?"

"아, 우리한테 안 잡혀준 기 하도 억울하고 열불이 나서

당신한테 따지러 왔다 아이요!

현상금에다 2계급 특진까지 걸려 있는데, 에휴······"

"그게 그렇게 탐났십니꺼?"

"허허 ── 국가를 위해 불철주야 충성하는 우릴 뭘로 보

고······

뭐 글치만서도 솔직히 특진은 쪼께 아깝다 아입니꺼.

한 개도 아이고 두 갠데······ 하하."

"그라머 진작 덫이나 좀 잘 치시지 않고······."

"진짜 말도 마이소. 우리가 당신 한번 잡아볼라꼬

몇년 간이나 새빠지게 고생하며 별 지랄을 다 떨었다 아

이요."

"아니, 뭔 지랄을 그렇게 떨었십니꺼?"

"아, 나중에는 부산 경남에 신통하다는 점쟁이들 모조리

찾아가

점까지 봤다는 거 아이요!"

"예? 점을 봐요? 허허 ── 소매치기 잡범도 아이고

빨갱이 잡는다카는 대공요원들이 과학수사는 안하

고……."

"아, 그놈의 과학수사 같은 거 암만 해봐도 안 잡히는데 우얍니꺼. 점이라도 봐야지."

"그러니까 나라가 요 모양 요 꼴이지요! 국가안보를 점이나 보고,

그래서 이 위대한 대한민국이 똑바로 서겠십니꺼?"

"허허 ─ 이 양반이 꼭 우리 서장님 같은 말씀을 하시구마. 세상 참……."

"근데 점쟁이들은 뭐랍디까?"

"다들 절대 못 잡는대요."

"와요?"

"빨갱이 주제에 인복, 여복이 억수로 많다고……"

"우하하하……!"

"근데…… 진짜 여복이 많았어예? 밥도 주고 양말도 빨아주는……"

"아니, 지금 수사 중인데 우찌 그런 걸…… 은근 유도심문하시구마."

"아따, 그기 아이고 그냥 우리 부산 갈매기들끼리 궁금해서……"

"그건 마…… 국가기밀이라예."

"국가기밀? 허허 — 이 양반 진짜 골 때리구마. 그나저나 우찌 잡혔십니꺼?"

"아마 프락치 덫에 걸린 것 같네요. 쯧쯧, 짭새님들도 점쟁이 대신

프락치를 썼으면 잡았을 텐데, 다음엔 그렇게 해보이소."

"다음에요? 어, 언제요?"

"아이고……"

"아, 그기 아이고 그냥 농담 한번…… 하하."

"근데 점 보고 복채는 다 냈십니꺼?"

"그건 마…… 국가기밀이라예!"

"에휴 — 국가가 좆 같으니까 점쟁이 돈 떼먹는 것도 국가기밀이구마……

다음엔 복채 꼭 주이소!"

버킷리스트

요즘 '다음 차례는 너'라는 듯 지인들의 부고문자가 쌓인다.

내 눈에는 내 잉여목숨의 고지서로 보인다.

허공이 초점 없이 나를 내려다본다.

40대 중반 서교동 골목길의 교통사고와

50대 초반 합정동 골목길의 백색테러로

죽음의 문턱까지 갔다가 반품된 후 모든 게 허망해지고

오랫동안 애써 부정하고 망각했던 고문의 악몽마저 되살아나

날마다 피가 하늘로 올라간다.

우울증 알약으로 버티며 내 살점을 베어 멀리 이송하지만

그마저 반품되자 벼랑의 꽃처럼 더욱 조급하고 초조해진다.

언제 다시 또 죽음의 그림자가 급습할지 몰라 더 늦기 전에

수배 4년 동안 나를 '은닉' 혹은 '묵인'해준 119명의 실명을

여기 시 한 줄로나마 깊이 새겨 그 고마움을 잊지 않고자 하며

그나마 내 체포 뒤 한 사람도 연행되지 않아 큰 다행이었다.

그 얼굴들 하나씩 떠올리며 새벽에 물안개처럼 울었다.

강양희 故 강철주 강춘희 강형철 고광헌 고원정 고형렬 故 기형도 김경미 김경형 김동건 김명곤 김선택 김선희 김성걸 김소영 김숙경 김영호 김은숙 김인호 김재승 김지나 김진경 김형경 김형수 김해숙 김호성 김홍희 故 나병식 노승만 도정일 라종일 문장순 박덕규 박몽구 박방주 박순섭 故 박영근 故 박이엽 박재현 박정희 故 박종철 박해현 故 백두산 백무산 부수아 서천 손수호 송인성 신경준 신동근 신명식 신현태 신형식 안상호 안선희 안수철 원용선 오해영 유기홍 유승찬 유시민 유재주 유진월 윤현주 이권우 이규동 이기숙 이동형 이만희 이명호 이명환 이무명 이문재 故 이범영 이봉선 이상희 이승철 이연철 이영애 이영준 이영진 이옥자 이윤재 이인재 이정국 이정우 이택희 이해영 이화형 장인식 장지태 전경하 전경희 전선하 전성희 故 전우익 정경미 정경연 정상홍 정승혜 정원영 정연수 정호승 조미아 故 조영관 조정아 차미경 차응춘 故 채광석 채현국 최상무 최상일 최성우 최성필 하재봉 한홍구 현무환 홍명규

$$E = mc^2$$

옛날 수첩을 보다가 고개가 빛처럼 굴절된다.

아인슈타인의 'E = mc²'
내가 보기에 유사 이래 세계 최고의 시!
현실은 빛이라는 상상력에 의해
혁명적 에너지로 전환된다는 것을
이처럼 간명하게 보여준 시는 아직 없다.
현실은 그 자체가 거대한 에너지고
그것이 빛을 만나 이 세상을 폭발시킨다.
그러나 광속은 초속 30만 킬로가 한계이지만
역설적으로 우주에 대한 속도제한이기도 하다.
그런데 과연 인간의 무한한 상상력은
새들보다야 더 높이 날 수 있겠지만
이 빛의 제한속도를 추월할 수 있을까.

악의 평범성 1

"광주 수산시장의 대어들."
"육질이 빨간 게 확실하네요."
"거즈 덮어놓았습니다."
"에미야, 홍어 좀 밖에 널어라."

1980년 5월 광주에서 학살된 여러 시신들 사진과 함께
어느 인터넷 사이트에 올라 있는 글이다.

"우리 세월호 아이들이 하늘의 별이 된 게 아니라
진도 명물 꽃게밥이 되어 꽃게가 아주 탱글탱글
알도 꽉 차 있답니다~."

요리 전의 통통한 꽃게 사진과 함께
페이스북에 올라 있는 글이다.
이 포스팅에 '좋아요'는 500여 개이고
감탄하고 부러워하는 댓글은 무려 1500개가 넘었다.
'좋아요'보다 댓글이 더 많은 경우는 흔치 않다.

사진을 올리고 글을 쓰고 환호한 사람들은

모두 한 번쯤 내 옷깃을 스쳤을 우리 이웃이다.
문득 영화 「살인의 추억」 마지막 장면에서
비로소 범인을 찾은 듯 관객들을 꿰뚫어보는
송강호의 날카로운 눈빛이 떠오른다.
범인은 객석에도 숨어 있고 우리집에도 숨어 있지만
가장 보이지 않는 범인은 내 안의 또다른 나이다.

악의 평범성 2

"불교 승려들이 숲을 지날 때 혹 밟을지도 모르는 풀벌레들에게
  미리 피할 기회를 주기 위해 방울을 달고 천천히 걷는다는 말에
  난 아주 깊은 감동을 받았다.
  우리는 그동안 아무 생각 없이 얼마나 많은 생물들을 밟아버렸던가."

  득음의 경지에 이른 어느 고승이나 성자의 얘기가 아니다.
  유대인 학살을 총지휘한 나치 친위대장 하인리히 히믈러의 말이다.
  전 친위대원을 술과 담배를 하지 않는 채식주의자로 만들고
  가난하고 소박한 생을 최고의 삶으로 꿈꾼 사람이기도 했다.
  악의 비범성이 없는 것이 악의 평범성이다.
  우리의 혀는 여기서 한 치도 벗어나지 않았다.

악의 평범성 3

몇년 전 경주와 포항에서 지진이 일어났다.
그때 포항의 한 마트에서 정규직은 모두 퇴근하고
비정규직 직원들만 남아 헝클어진 매장을 수습했다.
밤늦게까지 여진의 공포 속에 떨었다.
대부분 아르바이트 학생들과 아기 엄마들이었다.
목숨도 정규직과 비정규직으로 차별받는 세상이다.
지진은 무너진 건물의 속살과 잔해만 보여주는 게 아니라
인간의 부서진 양심과 잔인한 본성까지도 보여준다.
정말 인간은 언제 인간이 되는가.
불쑥 영화「생활의 발견」에 나오는 대사가 떠오른다.
"우리 사람 되는 거 힘들어.
힘들지만 우리 괴물은 되지 말고 살자."

살아남은 죄

'박종철 고문치사사건'으로 세상이 폭발 직전일 때
키 큰 한 젊은 노동자가 광화문 광장에서
'살인마 전두환을 처단하라'고 외치며 분신했다.
DJ, YS를 비롯한 재야인사들이 병원으로 달려갔다.
그런데 죽을 줄 알았던 노동자가 '기어이' 소생해버리자
그들은 더이상 병원을 찾지 않았다.
박종철의 관에 또 하나의 관을 쌓아 연쇄폭발시킬
큰 호재가 사라져 내심 실망이 이만저만이 아니었다.
노동자는 살아난 것이 죄여서 30년이 지난 아직도
우울증을 앓으며 자기 몸의 불을 꺼준 사람들을
원망하고 또 원망하고 있다.

스타 괴물

초보운동권 시절 한 국방색 야전잠바 선배가
담배연기 자욱한 카페 밀실에서
여러 낯선 선배 '동지'들을 가리키며
이쪽은 '투스타' '쓰리스타'이고
저쪽은 '아직 완스타'라고 엄숙하게 소개했다.
나는 두 번 놀랐다.
한 번은 깜빵 갔다 온 횟수에 따라
평소 경멸하던 육사 출신 장군들의 계급장대로
'완스타' '투스타'로 부른다는 것과
또 한 번은 '아직'이라는 표현 때문이었다.

세상이 적당히 좋아진 수십 년 뒤
난 그 야전잠바들의 선견지명에 또 놀랐다.
별의 숫자만큼 입신양명이 증명되었던 것이다.
멀리 내다보고 일찍부터 스펙을 쌓은 그들에게
영화 속의 「기생충」이 외쳤다, '리스펙 ―!'
어렴풋이 기억을 독점한 상이군인들이 떠오른다.
수많은 추모제마다 펄럭이는 기억투쟁은
처음엔 점이었다가 선을 그어 면으로 확장되더니

마지막엔 말뚝을 박아 깃발 대신 별들을 달았다.
촛불을 삼킨 스타 괴물들이 지상을 배회하고 있다.

새와 토끼

또 카나리아가 노래를 멈추고 졸았다.
광부들이 갱 밖으로 탈출했다.
사장은 일의 능률이 떨어진다고
새의 목을 비틀어 입갱금지 조치를 내렸다.
광부들이 유독가스에 중독돼 쓰러져갔다.

전쟁 때 잠수함 속의 토끼가 죽자
선장의 명령으로 토끼 역할을 대신한
「25시」의 작가 게오르규 병사가 떠올랐다.

누가 병든 새와 토끼를 넣었을 수도 있다.
그래서 일찍 숨을 멈추었을 수도 있다.
지키는 자는 누가 지키나.
그 지키는 자는 또 누가 지키나.
이제는 먼저 아픈 것만이 능사가 아니다.
낡은 것은 갔지만 새로운 것이 오지 않는
그 순간이 위기다.
아직 튼튼한 새와 토끼는 도착하지 않았다.

토끼훈련

넓은 운동장에 신참 훈련병들이 예쁜 토끼들과 놀고 있는데
갑자기 교관들이 뛰어들어 칼로 토끼들의 목을 잘랐다.
그러고는 토끼들의 껍질을 벗겨 배를 가르고
내장을 꺼내 훈련병들에게 던졌다.
어린 병사들이 내장을 장난감으로 갖고 놀도록 명령했다.
명령은 날마다 반복되었고 나중에는
훈련병들 스스로 토끼들의 뱃속에 칼을 담가 노를 저었다.
미군 병사들이 베트남전쟁 투입 전에 받은 이 담력훈련을
'토끼훈련'(rabbit lesson)이라고 불렀다.
베트남의 수많은 학살은 우연도 실수도 아니었다.

제 4 부

이 모든 것은

가을 단풍처럼 질 것을 알면서도
거품처럼 사라질 것을 알면서도
파도가 치솟아 비명을 지르는 것은
단숨에 등뼈를 꺾어 부서지는 것은
동백의 피가 천천히 칼등을 타고 넘어
칼날 끝에 눈물로 맺히는 것은
이미 패색이 짙은 한라산 위로
청년들이 계속 올라가는 것은

그리고 지금 이 모든 것은⋯⋯

맨발

죽은 지 일주일째 되는 날 관짝 모서리가 부서지면서
부처의 돌 같은 맨발이 관 바깥으로 삐져나왔고
로마의 바티칸 사제들이 면죄부를 야매로 팔자
크게 충격 받은 루터는 독일 작센의 비텐베르크까지
가시밭길을 맨발로 걸어서 돌아갔다.
사형집행을 기다리는 도스토예프스키는 숨 쉴 때마다
성서 시편 51장만 골라 맨발로 책장을 넘기며 읽었는데
사형수가 읽으면 석방된다는 넥버스(neck-verse, 면죄시
免罪詩)였다.
이 세 악령의 맨발을 오늘부로 내 발아래 묻는다.

유언

구하고 난 나중에 나갈게.
우리 승무원은 마지막이야."
──故 박지영 승무원

"빨리 여기서 빠져나가."
──故 남윤철 단원고 교사

"내 구명조끼 니가 입어."
──故 정차웅 단원고 학생

"지금 빨리 아이들 구하러 가야 되니
길게 통화 못해. 끊어."
──故 양대홍 사무장

"걱정하지 마.
너네들 먼저 나가고 선생님 나갈게."
──故 최혜정 단원고 교사

'세월호 사건'에 대해 여러 번

시 청탁을 받았지만 결국 쓰지 못했다.
이 이상의 시를 어떻게 쓰겠는가.

수행

마당에 풀들이 무성하다.
처음에는 몇주마다
쑥쑥 자라 있는 게 보이고
2, 3년쯤 지나니
며칠마다 보이고
한 10년쯤 지나니
매순간마다
쑥쑥 자라나는 게 보인다.

미자의 모자

시를 쓸 때마다 이창동 감독의 영화 「시」가 떠오른다.
잔잔한 강물 위로 엎어진 시체 하나가 떠내려온다.
하늘을 바로 보지 못하고 죽어서도 엎어져 있다.
멀리서 내 앞으로 운구하듯 천천히 다가오면
마침내 영화 제목이 수면 위에서 잔잔하게 일렁거린다.
시와 그리고 시체……
언제든 예기치 않은 것들이 내 앞으로 떠내려온다.
진실은 수면 아래에 숨어 있다는 듯 얼굴을 가리고
시는 생사가 같은 날이라는 듯 강물이 운구하고
그렇게 얼굴이 사라져야 비로소 실체가 드러난다는 듯
마지막으로 나에게 천천히 다가와 무심히 흘러간다.
처음부터 끝까지 강물이 표정을 바꾸지 않을지라도
단지 떠내려가는 것만 보여주는 게 시는 아닐지라도
결국 세상의 모든 시도 수면 아래로 내려가지 못하고
미자의 모자처럼 물에 새기듯 그렇게 흘러갈 것이다.

영혼의 목걸이

내 눈에는 '큰 것'보다는 '작은 것'이 먼저 보인다.
작은 것이 큰 것을 겸하고 있기 때문이다.
오래전에 본 아마존 인디언의 한 다큐가 떠오른다.
아이들과 어른들의 목에 전부 목걸이가 걸려 있었다.
자세히 보니 모두 구슬이 하나씩 깨어져 있었다.
깨어지지 않은 구슬들 사이에 깨어진 구슬 하나를
살짝 끼워넣어 목걸이를 완성한 것이었다.
인디언들은 그 깨어진 구슬을 '영혼의 구슬'이라고 불렀다.

여러 개의 완벽한 구슬들 사이에 한 개의 불완전한 구슬을
  서로 동등하게 배열해 함께 평등한 존재로 거듭 태어난다
는 것
  어쩌면 인디언에게는 처음부터 완벽한 것은 존재하지 않
았고
  그 완벽 속에는 영혼이 존재하지 않았는지도 모른다.
어떤 것이든 상처가 있어야 완전하고
가장 인간적인 것이 가장 완벽할 뿐이었다.
이 세상은 어느 곳이나 인디언의 구슬 같은 상처가 있다.
그 상처가 하나라도 존재하는 한

그들에게 이 세상은 결코 완전할 수가 없었다.
그 목걸이를 본 이후 내 영혼은 완벽한 잿더미로 변했다.

페르시아의 흠

페르시아 카펫에는 화려하고 암울한
인생의 온갖 무늬들이 새겨져 있다.
그런데 자세히 보면
한쪽에 좌우대칭이 깨어져 있거나
작은 흠집이 눈에 띄기도 한다.
'신의 경지'로 불리는 진짜 고수들은
일본의 뛰어난 도자기 장인들처럼
가끔 일부러 상처 같은 흠집을 낸다.
악마의 질투를 받으면
이유 없이 손이 마비된다는 미신보다도
상처 있는 것이 상처 없는 것보다
오히려 더 아름답다는 믿음 때문이다.
그러므로 이 시는 흠집이 없다.

나에게 묻는다

꽃이 대충 피더냐.
이 세상에 대충 피는 꽃은 하나도 없다.
꽃이 소리 내며 피더냐.
이 세상에 시끄러운 꽃은 하나도 없다.
꽃이 어떻게 생겼더냐.
이 세상에 똑같은 꽃은 하나도 없다.
꽃이 모두 아름답더냐.
이 세상에 아프지 않은 꽃은 하나도 없다.
꽃이 언제 피고 지더냐.
이 세상의 꽃들은 모두
언제나 최초로 피고 최후로 진다.

촛불은 갇혀 있다

아날로그 양초촛불이 디지털 LED촛불로 바뀌었다.
아날로그 촛불은 자기 온몸을 다 태우고 녹지만
디지털 촛불은 장렬하게 전사할 심지와 근육이 없다.
노동자에서 소시민적 인텔리로 동력이 바뀐 신호였다.
땅을 갈아엎어 토양을 바꾸지는 못하고
기껏 나무를 골라 옮겨 심을 뿐인데도 연일 축제이다.
그래서 촛불도 계속 광화문 광장에 갇혀 있었고
세월호의 노란 리본도 광화문 광장에 갇혀 있었다.

촛불의 시작은 창대했으나 끝은 미미했다.
30년 전 박종철, 이한열의 시체를 거름으로 피운
부르주아 민주주의의 꽃은 피자마자 졌다.
30년 후 세월호 아이들과 백남기의 시체를
거름으로 피운 불꽃도 피자마자 졌다.
6월항쟁에 벽돌 한 장씩을 얹었던 청춘들은
노동 없는 디지털 촛불에 눈이 멀어 모래알처럼 흩어졌다.
이제 광화문광장은 텅 비었다.
독재의 무기는 칼이고 자본의 무기는 돈이다.
칼은 몸을 베고 돈은 정신을 벤다.

우리는 몸도 베였고 정신도 베였다.
우리는 아직 이것밖에 안 된다.

앞으로도 우리의 입은 여전히 진보를 외칠 것이고
발은 지폐가 깔린 안전한 길을 골라 걸을 것이다.
촛불의 열매를 챙긴 소수 민주주의적 엘리트들 역시
노동대중을 벌레처럼 털어내며 더욱 창대할 것이다.
대한민국은 여전히 민주공화국이 아니라 의회공화국이며
모든 권력도 국민이 아니라 자본과
소수 좌우엘리트들로부터 나온다.
그러니 심지 없는 촛불이 아무리 타올라도
우리의 비정규직 민주주의는 여전할 것이고
세상도 기득권자들을 위해 적당하게만 바뀔 것이다.
그래서 난 촛불이 타오를수록 더욱 슬프다.

운동화 한 짝

반쯤 창문이 열린 신촌 노고산 '이한열기념관' 유품 전시실
원래대로 복원된 바스러진 흰색 타이거 운동화 한 짝
여전히 맨 위쪽의 구멍 두 개가 끈을 넣지 않고 비어 있다.
그 윗구멍들을 비운 채 당겨 조인 다음 남은 끈을
맨 아래쪽 끈 밑으로 밀어 넣어 위쪽으로 빼낸 뒤 다시 묶
었다.
맨 위쪽의 구멍들을 끈으로 조이지 않고 비워놓으면
발을 빨리 넣고 빼기는 쉽지만 그만큼 헐렁해진다.
저것은 머리에 최루탄을 맞고 쓰러진 이한열의 벗겨진 운
동화
운동화 밑창의 가로줄 물결무늬가 발등의 핏줄처럼 가파
르다.
신발의 위치는 사람의 몸에서 가장 밑바닥이다.
가장 낮은 곳에서 가장 높은 곳까지의 무게를 지탱하지만
피라미드 같은 세상에서는 가장 먼저 부서지기도 한다.
둘째누나의 장롱에서 기념관으로 옮겨진 이한열의 운동
화는
오랜 세월이 흐르면서 고무 밑창이 100여 조각으로 부서
졌다.

낡아가는 자신을 부숴 산산조각을 내버리는 신발의 밑창

　가파른 절벽과 절벽 사이로 마주 선 두 개의 신발 구멍

　그 백척간두에서 도화선 같은 운동화 끈이 한 발을 내디
딘다.

　반쯤 열린 유품 전시실 창문이 스스로 닫힌다.

흙수저

자본주의는 한 사람이 대박이면 한 사람이 쪽박이고
신자유주의는 한 사람이 대박이면 열 사람이 쪽박이다.
어느날 한강에 투신한 머리가 희끗희끗한 한 남자가
자기를 극적으로 건져낸 구조대원에게 억울한 듯 항의했다.
"사고 난 것도 아닌데 왜 이런 멍청한 짓을 해?
당신이 앞으로 내 인생 책임질 거야?"
"……."

"흙수저는 아무리 발버둥쳐도 안 되는 세상이란 걸 알면서
왜 무책임하게 구하난 말이야!"
"……."

"대신 살아주지도 못하고 대신 아파해주지도 못할 거면
서……."

젊은 구조대원은 처음부터 끝까지 한마디도 못하고
죄지은 사람처럼 묵묵히 들었다.
그동안 수많은 목숨을 구했지만 이날 문득 처음으로
자신이 그들의 고통을 연장시키고 있다는 것을 의심했다.

나를 밟고 가라

『친일문학론』과 『일제침략과 친일파』 등의 저자인
임종국 선생이 젊었을 때 일제시대의 신문을 뒤지다가
뜻밖에 자기 아버지 이름을 발견하고는 충격에 빠졌다.
혼자 며칠 고심하다가 마침내 아버지 앞에 무릎을 꿇었다.
"제가 친일파 책을 쓰려고 옛날 부역자 자료를 찾다가
아버지 이름이 나온 신문기사를 봤어요……"
"……"
"아버지 이름을…… 뺄까요?"
아들 앞에서 고개 숙인 아버지가 오랜 침묵 끝에 대답했다.
"종국아, 나를 밟고 가라.
내 이름이 빠지면 그 책은 죽은 책이다."

대나무처럼

끝을 뾰족하게 깎으면
날카로운 창이 되고
끝을 살짝 구부리면
밭을 매는 호미가 되고
몸통에 구멍을 뚫으면
아름다운 피리가 되고
바람 불어 흔들리면
안을 비워 더욱 단단해지고
그리하여
60년 만에 처음으로
단 한 번 꽃을 피운 다음
숨을 딱 끊어버리는
그런 대나무가 되고 싶다.

빙어

어릴 때 혼자 겨울 저수지에서 얼음지치기를 하다가
빙어들이 얼음장 밑을 머리로 툭, 툭 치는 소리가 들렸다.
멀리서 천천히 다가오는 천둥소리처럼 점점 크게 들렸다.
나는 나도 모르게 어떤 대답이라도 해야 할 것 같아
얼른 조약돌들을 주워 얼음장 위로 마구마구 던졌다.
세월이 흘러 어느날 문득 그 겨울 저수지를 찾았다.
미리 조약돌을 주워 빙판 위에 아무리 귀를 기울였지만
아무 소리도 들리지 않았다.

베로니카

모든 게 그렇겠지.
이제 패색이 짙은 낙엽처럼 다른 길은 없겠지.
홀로 핀다는 게 얼마나 속절없이 아픈 일인데
아름답기 전에는 아프고 아름다운 뒤에는 슬퍼지겠지.
그대 뒤에서 그대를 은은하게 물들이거나
세상 뒤에서 세상을 은은하게 물들이거나
이기지 않고 짐으로써 세계를 물들이는
그런 저녁노을 같은 것이겠지.
어차피 질 줄 알면서도 좀더 잘 지기 위해
잘 지기 위해 잘 써야지, 하고 거듭 나를 내리치다가도
이 난공불락의 외로움은 어쩔 수 없어 혼자 중얼거리겠지.
낙, 낙, 나킨온 헤븐스 도어……
낙, 낙, 나킨온 헤븐스 도어……

모든 게 그렇겠지.
아직 다른 길이 없으니 왔던 길 계속 가야겠지.
케테 콜비츠 판화 같은 세상도 여전하고
들판에 하얀 목화꽃이 팡팡 터지는 꿈도 사라지고
이젠 너무 멀리 이송되어 돌아갈 곳도 잊어버리고

방향이 틀리면 속도는 아무 소용도 없어지겠지.
어느날 내가 심해어처럼 베니스에 홀로 누워
마지막 별빛의 조문이 끝날 때마다
속눈썹 같은 물안개로 피어오르던 그대의 가슴에 묻혀
폐사지의 바람처럼 다시 중얼거리겠지.
낙, 낙, 나킨온 헤븐스 도어……
낙, 낙, 나킨온 헤븐스 도어……

길상사

절로 가는 길은 성당을 거쳐야 하고
성당으로 가는 길은 절을 거쳐야 한다.
성당 마당에는 목련과 은행나무가 서 있다.
목련나무는 잎보다 꽃이 먼저 피어 있고
은행나무는 삶을 마감한 열매들이 떨어져 있다.
두 나무가 서로 나란히 피고 진다.

성당을 지나 절로 들어선다.
절에는 넘어야 할 계단이 많다.
한 계단 오르면 목련꽃이 피고
다음 계단을 오르면 은행 열매가 지고
마지막 계단을 오르면 풍경이 보인다.
풍경은 잎보다 꽃이 먼저 피어도 소리를 울리고
꽃보다 잎이 먼저 피어도 소리를 울린다.
이렇듯 흔들리면 우는 것은
바람 탓도 아니요,
세월 탓도 아니다.
무엇이 먼저 피고 지든
세상을 간절히 본 자의 저문 눈빛 같은 풍경소리는

허공을 버림으로써 계단에 이르고
계단을 버림으로써 허공에 이른다.
절로 가는 길은 성당을 거쳐야 하고
성당으로 가는 길은 절을 거쳐야 한다.

히야신스

이라크에서 원시인들의 무덤이 발견되었다.
고대 문명발상지인 메소포타미아의 한 동굴이었다.
네안데르탈인 소년들과 여자들의 유골이 나왔고
유골 주위를 둘러싼 먼지 같은 꽃가루도 나왔다.
뼈들은 모두 양손으로 자기 머리를 감싼 형태였다.
얼핏 조만간 다시 태어날 태아의 자세 같기도 했고
얼핏 더이상 슬프지 않을 영혼의 자세 같기도 했고
얼핏 죽어서도 가장 안전할 어머니의 자궁 같기도 했다.
먼지로 변한 꽃가루는 하얀 히야신스 꽃이었다.
원시인들도 사람이 죽으면 꽃을 같이 묻어
먼저 떠난 자의 상처를 향기로 핥으며 애도했다.
죽음으로써 불멸할 죽음은 어쩌면 살아서 다시 오지 않을
인간의 가장 위대한 발명품 가운데 하나지만
오랜 세월이 흘러도 그것은 단지
하얀 히야신스를 하얀 국화로 바꿔놓았을 뿐이다.

지뢰밭 건너기

바깥의 내가
안쪽의 나를
장악하지 못하고
안쪽의 내가
바깥의 나에게
삼엄하지 못할 때
나는
내 발목을 자른다.
발목을 잘라
뇌관을 제거한다.

나를 위해 울지 말거라
의성 한국전쟁 민간인희생자 합동위령제에 부쳐

우리들의 삶이란 높고자 하는 산과
낮고자 하는 물이 서로 인연으로 만나
세상으로 흘러드는 강물처럼
그렇게 덧없이 흘러가는 게 아니겠느냐.
그대들과 나의 인연 또한 그런 게 아니더냐.
오늘 잠시 세상에 나와 들꽃을 보니
평지보다 벼랑의 꽃들이 먼저 피었구나.
어둠도 복면을 하는 세상은 여전하지만
종일 골짜기에 울던 총성은 사라지고
새들 노래 자욱하구나.

아직 낡은 것들 갔으나 새로운 것들 오지 않았으니
어디 영문 없이 지는 게 7월의 꽃들뿐이겠느냐.
열일곱 소년이 이젠 백발의 팔순 노인이 된 나의 아들아.
뜨거운 여름,
포승줄에 묶여 잠깐 끌려갔다 오리라 생각하며
신작로 미루나무 사이로 너를 잠깐 힐끗 본 게 마지막이었
구나.
그 잠깐이 60년이 될 줄 난들 어찌 알았겠느냐.

그러나 이 아비의 제사상을 차리는 데
60년이나 걸렸다고 비통해하지 말거라.
600년 이상 걸려도 사과 하나, 배 하나
구경 못하는 넋들이 얼마나 많더냐.
그리고 나의 손주들아,
이 야만의 세월을 탓하거나 저주하지 말거라.
죽은 자는 말이 없고 산 자는 죽은 자보다
더 말이 없지 않더냐.

오늘따라 이 작두골에 피는 꽃들이 더욱 눈부시구나.
강물이 소용돌이치며 바위에 부서질 때가
가장 찬란한 순간인 것처럼
60년 만에 단 한 번 꽃을 피우고 숨을 끊는 대나무가
더욱 사무치는구나.
역사는 우리에게 강자가 약해지는 것이 아니라
약자가 강해져야 세상이 변한다는 것을 가르쳤지만
우리는 단 한 번도 이기지 못하고 마지막 고비마다
꺾이고 말았지 않더냐.
꽃이 아름다움을 버려야 열매를 맺듯

사람도 가장 아끼는 것을 버릴 때 비로소
끝을 뾰족하게 깎으면 정의로운 창이 되고
구부리면 밭을 일구는 호미가 되고
구멍을 뚫으면 아름다운 피리가 되는 대나무처럼
외롭고 높고 쓸쓸한 그대들의 영혼으로 피어나지 않겠느냐.
그리하여
그대들이 어디에 있든 작고 낮고 가볍고
그리고 아주 느린 것들의 두 손을 번쩍 들어주며
그들 이름을 크게 불러주는 사람이 되거라.
역사의 정수리에 우뚝 선 자,
그가 곧 깨달은 자가 아니겠느냐.

거듭 말하노니,
나를 위해 울지 말거라.
현대사 앞에서는 우리 모두 문상객이 아니라 상주이거늘
끝까지 그대들이 그대들 스스로를
버리지 않는 한 아무도 그대들을 버리지 않을 것이다.
그대들은 모두 숨 쉴 때마다 언제나 '최후의 한 사람'이다.
그리고 백척간두에서 한 발 내디디며 숨을 쉬어야 한다.

빗줄기가 바람 한 점 없이도 허공의 허리를 베어내고
오래 참고 참았던 꽃들이 마침내 피어나는 이 작두골에서
그대 산 자들에 대한 한결같은 그리움으로 이 추도시를
쓴다.

잿더미의 윤리, 영혼의 역사관

김수이

이 시집은 잿더미에서 태어났다. 불에 타 형체를 알 수 없는 검은 재. 잿더미의 본래 형상과 빛깔은 무엇이었을까. 인간(성), 생명, 자유, 진리, 정의, 민주, 평화, 선(善), 이상, 혁명 등의 숭고한 덕목들이 고통스러운 기억인 듯, 실체 없는 환영인 듯, 어쩌면 실패한-불가능한 삶의 목록인 듯 지난 역사 속에서 살아난다. 이 이름들을 애도하듯 호명하는 이산하의 새 시집 『악의 평범성』은 『천둥 같은 그리움으로』(1999) 이후 22년 만에 세상을 향해 극적으로 숨결을 튼다.

그동안 세기가 바뀌었고, 세상이 바뀌었다. '어떤 인간이 되어 어떻게 살 것인가'에 대한 사회적 가치 체제와 삶의 방식도 빠르게 바뀌었다. 민주화를 위해 싸운 시대가 그토록 경계했던 적(敵)들은 일상의 대기 속에 녹아 '우리'의 일부가 되었다. "자본주의는 위기 때마다 새로운 가면을 쓰며 폭

주하고 있다./맑스의 자본론이 오히려 예방주사가 되었는
지도 모른다."(「엥겔스의 여우사냥」) 이산하가 간파하듯이, 갈
수록 "계통 없이"(김수영 「시골 선물」) 진화하는 현대문명과
자본주의의 포식성은 예외를 알지 못한다. 우리의 삶과 세
상은 곳곳에서 오직 '돈'을 위해 불살라지는 화전(火田)과
같아졌다. 이산하가 지나온 역사를 '재[灰]의 시간'이라고
부르는 것은 그러므로 단지 비유나 미학의 차원이 아니다.
실제로 모든 것이 재가 되었다. 적어도 청년 이산하가 믿고
소망하고 실천한 것들은 그러했다.

　당연하고도 역설적인 사실이지만, 이산하가 자신의 삶과
목숨까지 걸고 관통한 '재의 시간'은 동시에 '불의 시간'이
었다. 그가 지핀 생명의 불, 사랑의 불, 혁명의 불은 말할 것
도 없이, 모든 가치와 윤리를 집어삼키는 자본과 이를 향한
욕망의 화염과는 정반대편을 지향했다. 어느덧 회갑의 나
이에 이른 시인은 지금, 두 개의 불이 맞부딪친 평생의 싸움
에서 자신이 완전히 패배했노라고 선언한다. "이젠 밥알 하
나조차 변화시킬 수 없는/내 안의 마지막 배수진마저 무너
진 것 같아/강물에 떠내려가는 지푸라기에도 큰절을 한다./
어차피 마음밖에 건널 수 없는 강/그 너머 또다른 무엇이 존
재할지 몰라도/결코 지금의 여기보다 더 허무할 수는 없겠
지."(「어린 여우」) 한 개인의 패배로 끝나지 않으며 끝날 수도
없는 이 패배는 공동체의 패배와 역사의 패배를, 더 근본적
으로는 '인간'의 패배를 의미한다. 이산하가 쓰는 개인의 서

사는 근래 우리 역사의 한 조각을 대필하며, 이번 시집에서 그는 역사와 '인간'의 패배를 자인하며 그 패배의 고통을 모두에게 요청한다. 그가 '악의 평범성'을 군이 제목으로 내세운 것도 이런 맥락에 있을 터이다. 문제의 핵심은 현대문명이나 자본 자체가 아니라는 것. 이 사실이자 진실을 마주하는 지점에서 결국 문제는 인간이며, 인간의 본성과 의지 사이에 있다는 것.

오늘날 대중의 상식이 된 개념인 '악의 평범성'은 한나 아렌트(Hannah Arendt)가 유대인 대량학살에 가담한 나치 전범을 연구한 후 내린 결론이었다. 이산하는 파란만장한 생의 고투 속에서 자신이 확인한 것 역시 '악의 평범성'이라고 말한다. 평범한 사람들이 체제에 복종하고 자신의 임무를 충실히 수행함으로써 발휘하는 '악의 평범성'은 '악의 보편성'이나 '악의 사회성'으로도 바꾸어 쓸 수 있다. 이산하가 20세기 후반에서 21세기 초반에 이르는 한국사회에서 목격한 악의 평범성 역시 이례적이기보다는 인간의 역사에서 완전히 제거할 수 없는 보편적인 현상에 속할 것이다. 그렇다면 '인간의 선'을 믿고 '역사의 진보'를 꿈꾸는 것은 순진한 발상이거나 애초에 잘못된 출발이었던 걸까. 삶의 고비마다 이산하는 이 쓰라린 질문과 외롭게 마주했을 것이다. 끔찍한 악행을 저지르는 인간과 악행으로 뒤덮인 역사는 이산하를 타격한 평생의 화두였으며, 그 고뇌의 편린들은 비장미 서린 시적 진경으로 역설적으로 승화되기도 했다. "나를

찍어라./그럼 난/네 도끼날에/향기를 묻혀주마."(「나무」전
문) 이산하를 비롯한 독재정권 치하의 투사들이, 더불어 지
난 시대의 많은 보통 시민들 ─ 그들은 바로 우리였다 ─ 이
'인간에 대한 신뢰'와 '선이 승리하는 세상에 대한 열망'을
갖고 앞으로 나아갔음은 분명하다. '악의 평범성'에 동의하
지 않거나 차마 그것을 상상하지 않았던 이들이 '선의 평범
성'에 대해 가졌던 강렬한 믿음. 이 믿음이 한 시대를 여닫았
다고 해도 그리 틀린 말은 아닐 것이다.

　시집 『악의 평범성』은 동시대의 반경에서 누락되어서는
안 될 근(近)과거로 우리를 초대한다. 1960년생인 이산하는
1979년 경희대 국문과에 문예장학생으로 입학했으나, 학생
운동과 필화사건으로 16년 만에 대학을 졸업했다. 지하신문
제작·배포 등의 혐의로 일찌감치 수배된 그는 도피생활 4년
째이던 1987년 3월에 제주도 4·3사건을 다룬 장편 서사시
「한라산」을 『녹두서평』 창간호에 발표한다. 이 일로 지명수
배 끝에 국가보안법 위반으로 구속되며, 아들의 구속에 충
격받은 이산하의 아버지는 심장마비로 세상을 떠난다.(「지
퍼헤드 2」)「한라산」은 김지하의 「오적」이후 최대의 필화사
건으로 국제사회에 큰 반향을 일으켰으며, 수전 손택(Susan
Sontag)은 한국에 직접 찾아와 정권에 항의하며 이산하의
석방을 강력히 촉구하였다.

　살아도 흘러가고

죽어도 흘러가고
마침내 살아있는 모든 것들이 흘러갔다.
죽은 자들은 말이 없고 산 자들은 더 말이 없는
이 참혹한 한라산
마지막 몇 사람이 기적처럼 살아
이젠 상주가 되어 걷는 이 학살의 숲
옆에서 동지들이 쓰러져 시체가 쌓이고 쌓여도
오래 슬퍼할 시간이 없었던 이 겨울 숲
이제 이 숲은 누가 지키며
그 지키는 자 또한 누가 지킬 것인가.

— '서시'(『한라산』) 부분

  학살의 역사에 관해 글을 쓰는 일이 범죄였던 시대는 학살의 역사를 계승한다. 군대를 투입해 선량한 시민들을 대량 살상한 1980년대 독재정권은 수십 년 전의 학살의 역사를 이야기하는 일마저 탄압함으로써 자신의 추악성을 노골적으로 증명했다. 이산하가 목숨을 걸고 쓴 「한라산」에서 "마지막 몇 사람이 기적처럼 살아 걷는 이 학살의 숲"은 4·3의 현장이자 1980년대 군사독재의 현장으로도 읽힌다. 주지하다시피 4·3은 해방 후 신탁통치기에 미군의 지휘 아래 우리 군과 경찰이 민간조직과 합세해 수만 명의 제주 양민을 학살한 사상 초유의 비극이다. 이산하는 4·3을 시화함으로써 과거와 당대의 폭력적 현실을 함께 규탄한다. 두 시대는 끔찍한 역사적 공통점을 갖고 있다. 국가가 자국민을 대대적으로 학살한 주범이자 은폐자라는 것, 죄 없는 사람들을 살육한 괴물은 평범한 이웃이라는 것. "나는 제주 4·3을 통해 뜨거운 인간애를 확인한 것도 사실이지만 또 그 몇 배 이상으로 잃어버린 것도 사실이다. 다시 말해서 제주 4·3은 인간이 얼마만큼 인간일 수 있으며, 동시에 인간이 얼마만큼 인간이기를 포기할 수 있는지를 양극단으로 보여준 사건이었다."*

한순간에 일생을 좌우하는 운명이 결정되기도 한다.
27살 때 난 폭탄운반책에서 폭탄제조책으로 바뀌었다.
누가 봐도 폭탄을 안고 불 속으로 뛰어드는 일이어서
우리는 가스실 없는 '한국판 아우슈비츠'
제주 4·3학살의 서사시 「한라산」을 '폭탄'이라고 불렀다.

─「폭탄」 부분

정수리에 빗물이 일정하게 떨어지는 '물방울 고문'이었다.
(…)
낡은 수도꼭지에서 똑, 똑 떨어지는 물방울을 서로 먹

* 앞의 글, 147면.

으려고

사투를 벌이는 아우슈비츠의 비명이 들려왔다.

시골집 추녀 밑의 바닥이 움푹 패 있었다.

실성한 포로와 젊은이의 웃음소리가 들려왔다.

　　　　　　　　　　　　—「나는 물방울이었다」 부분

우리 유대인 단원들의 공연 실수는 바로 지옥행이었다.

모두 악보와 악기를 목숨처럼 닦고 조이기에 정신이 없
었다.

(…)

오늘도 우리의 '샤워심포니' 공연은 무사히 끝났다.

막사로 돌아와 낡은 수도꼭지를 트니

독가스 대신 물방울이 똑, 똑 떨어졌다.

모두 물방울 같은 하루분의 생명이 연장되었다.

　　　　　　　　　　　—「아우슈비츠 오케스트라」 부분

자욱한 해무가 걷힐 때마다 목 잘린 머리들이 굴러다
녔다.

포로들은 아침에 눈뜨자마자 자기 머리부터 확인했다.

붙어 있어도 다행이었고 없어져도 고통 없이 죽어 다행
이었다.

친공반공 포로들의 살육전에 미군은 목따기 베팅을 하

며 즐겼다.

——「지퍼헤드 1」 부분

이산하와 동지들은 제주 4·3사건을 "가스실 없는 '한국
판 아우슈비츠'"로 불렀다. 이산하의 「한라산」이 당대 정권
에 던지는 '폭탄'이 된 것은 아우슈비츠가 여전히 현재형이
었기 때문이다. 「한라산」의 문제의식을 현재화한 이산하의
『악의 평범성』은 아우슈비츠의 역사적 사례들을 시적으로
재구성한다. 주된 방식은 나열과 병치이다. '한국판 아우슈
비츠'에서 보듯 이들은 사태의 동일성에 의해 소집되는데
(「폭탄」), 때로는 고문과 생명수를 함께 의미하는 '물방울'과
같은 특정 이미지에 의해 연결되기도 한다(「나는 물방울이었
다」). 친공반공 포로들의 광적인 살육전이 벌어지고 미군은
목따기 베팅을 즐긴 한국전쟁기의 포로수용소, 유대인 단원
들이 공연에서 실수하면 바로 처형되고, 오늘 수도꼭지에서
물이 나올지 독가스가 나올지 알 수 없는 나치의 아우슈비
츠, 토끼를 잔인하게 죽여 그 시체를 신나게 갖고 노는 훈련
을 받은 미군들이 "우연도 실수도 아닌" 학살을 수없이 저
지른 베트남(「토끼훈련」) 등. 이 목록의 내용과 길이는 지구
곳곳에서 자행돼온 학살의 비극에 상응한다.

이산하에게 아우슈비츠는 고유명사이자 보통명사이며,
구체적인 장소와 사건이면서 인간의 본성이다. 아우슈비츠
는 전쟁의 예외적 상황에서만 나타나는 것이 아니며, 현대

문명이 미처 처리하지 못한 야만에 의해 돌발하는 것도 아니다. 이산하에 의하면, 아우슈비츠는 현대의 일상 속에도 있고, 근본적으로 우리의 마음속에 '숨어' 있다. 유대인 사회학자 바우만(Zygmunt Bauman)의 통찰도 이와 같았다. "홀로코스트의 경험 중 가장 무시무시하고 여전히 가장 관심의 초점이 되는 측면"은 "우리의 현대사회에서 도덕적으로 타락하지도 또 편견도 없는 사람들이 얼마든지 목표가 된 범주의 인간 존재의 파괴에 정력적이고 현실적으로 참여할 수 있다는 것, 그리고 이들의 참여는 그밖의 다른 어떤 신념의 동원을 요구하는 것과는 거리가 멀며 그와 정반대로 그러한 신념들의 정지와 망각 그리고 무관심을 요구한다는 것".*

"광주 수산시장의 대어들."

"육질이 빨간 게 확실하네요."

"거즈 덮어놓았습니다."

"에미야, 홍어 좀 밖에 널어라."

1980년 5월 광주에서 학살된 여러 시신들 사진과 함께 어느 인터넷 사이트에 올라 있는 글이다.

* 지그문트 바우만, 홍일준 옮김 『현대성과 홀로코스트』(새물결 2013), 410면.

"우리 세월호 아이들이 하늘의 별이 된 게 아니라
진도 명물 꽃게밥이 되어 꽃게가 아주 탱글탱글
알도 꽉 차 있답니다~."

요리 전의 통통한 꽃게 사진과 함께
페이스북에 올라 있는 글이다.
이 포스팅에 '좋아요'는 500여 개이고
감탄하고 부러워하는 댓글은 무려 1500개가 넘었다.
'좋아요'보다 댓글이 더 많은 경우는 흔치 않다.

사진을 올리고 글을 쓰고 환호한 사람들은
모두 한 번쯤 내 옷깃을 스쳤을 우리 이웃이다.
문득 영화 「살인의 추억」 마지막 장면에서
비로소 범인을 찾은 듯 관객들을 꿰뚫어보는
송강호의 날카로운 눈빛이 떠오른다.
범인은 객석에도 숨어 있고 우리집에도 숨어 있지만
가장 보이지 않는 범인은 내 안의 또다른 나이다.
　　　　　　　　　　　　　　　—「악의 평범성 1」 전문

"1980년 5월 광주에서 학살된 여러 시신들 사진"과 "세월
호 아이들"을 겨냥해 인터넷에서 유통되는 수백 수천 개의
'좋아요'와 "환호"하는 '댓글'의 폭력은, 역사상 수많은 아
우슈비츠에서 행해진 대학살의 폭력과 본질적으로 다르지

않다. 인간이 갖추어야 할 신념들의 정지와 망각 그리고 무관심, 이 상태에 이토록 쉽게 빠져들어 인간 이하의 폭력을 일상의 가벼운 유희로 즐기는 사람들은 "모두 한 번쯤 내 옷깃을 스쳤을 우리 이웃이다". 이산하는 더 나아가, "가장 보이지 않는 범인은 내 안의 또다른 나"라고 말한다. 선에 대한 신념과 의지 및 타인에 대한 존중을 갖지 않을 때, 자신에게 잠재된 악의 가능성을 경계하지 않을 때 인간은 누구든지 악의 집행자가 될 수 있다. 역사는 악의와 선의, 폭력성과 평범성(윤리와 성실성 등)이 한 인간의 삶에서 얼마든지 분열 없이 공존할 수 있음을 보여준다. "유대인 학살을 총지휘한 나치 친위대장 하인리히 히믈러"는 "전 친위대원을 술과 담배를 하지 않는 채식주의자로 만들고/가난하고 소박한 생을 최고의 삶으로 꿈"꾸었으며(「악의 평범성 2」), 이산하가 필화사건으로 "서울시경 체포조에 검거돼 계속 고문받으며 지쳐 있던 어느날" "고향인 부산의 대공과 요원들"이 찾아온 것은 "현상금에다 2계급 특진까지 걸려 있는" 그를 놓친 것이 "하도 억울하고 열불이 나서"였다.(「국가기밀」) 물론, 정반대의 사례도 있다. 제주도 예멘 난민문제로 약자를 추방시키자는 국민청원이 한창일 때 "동유럽의 나치 강제수용소들을 성지순례 중"이었던 이산하는, 독일의 전범재판소 근처에서 진열장이 텅 빈 마트에 붙은 공고문을 발견한다. 어제 200여 명의 난민이 도착한 긴급상황에서 매장의 식료품들을 구호품으로 보내고 새로 주문해놓았으니 지난번처럼 양해를 바란다는 내용이었다.(「지난번처럼」)

시집 『악의 평범성』은 현대사의 폭력과 평범한 인간들의 악행을 묘사하는 한편으로, 이에 무고하게 희생되거나 자발적으로 희생한, 또한 어떤 형태로든 선의와 신념을 지향하며 세상의 다른 길을 열어온 많은 실명과 익명의 인물들을 소환한다. 박종철(「폭탄」), 이한열(「운동화 한 짝」), 전우익 권정생(「산수유 씨앗」), 법정스님과 국가가 간첩으로 조작한 인혁당사건으로 사형당한 도예종 서도원 하재완 이수병 김용원 송상진 우홍선 여정남(「동백꽃」), 친일파를 파헤친 임종국 선생과 친일파였던 그의 아버지(「나를 밟고 가라」), "처음부터 폐허"인 세계에서 "모두 장밋빛 꿈의 복선을 적당히 깔며 정서적 타협을 할 때" "위선과 기만을 거부했"던 기형도(「멀리 있는 빛」), "'박종철 고문치사사건'으로 세상이 폭발 직전일 때" "'살인마 전두환을 처단하라'고 외치며 분신했다"가 살아남아, "30년이 지난 아직도/우울증을 앓으며 자기 몸의 불을 꺼준 사람들을/원망하"는 어느 노동자(「살아남은 죄」), 흙수저는 아무리 발버둥쳐도 안 되는 세상인데 왜 무책임하게 구하느냐고 항의하는 한강에 투신한 남자와, 자신이 사람들의 고통을 연장하고 있는 것은 아닌지 의심하는 구조대원(「흙수저」), 위험의 최전선으로 내몰리는 21세기 이 땅의 비정규직 노동자들과 아르바이트 학생들(「악의 평범성 3」), 세월호에서 아이들을 구하고 살신성인한 박지영 승무원, 남윤철 단원고 교사, 정차웅 단원고 학생, 양대홍 사무

장, 최혜정 단원고 교사(「유언」) 등. 그리고 이산하의 지인이
자 은인들.

　언제 다시 또 죽음의 그림자가 급습할지 몰라 더 늦기
전에
　수배 4년 동안 나를 '은닉' 혹은 '묵인'해준 119명의 실
명을
　여기 시 한 줄로나마 깊이 새겨 그 고마움을 잊지 않고
자 하며
　그나마 내 체포 뒤 한 사람도 연행되지 않아 큰 다행이
었다.
　그 얼굴들 하나씩 떠올리며 새벽에 물안개처럼 울었다.

　강양희 故 강철주 강춘희 강형철 고광헌 고원정 고형렬
故 기형도 (…)
　　　　　　　　　　　　　　　　　　　　　　　—「버킷리스트」 부분

　이산하의 삶에서 가장 고통스럽고도 빛나는 대목이 농축
된 시 「버킷리스트」는 시를 논하는 일을 잠시 멈추고, 그와
함께 119명의 이름을 하나하나 불러보게 한다. 이름의 나열
과 그 이름을 부르는 일이 이처럼 뜨거운 전율을 불러일으
키는 예는 우리 시사를 통틀어서도 많지 않을 것이다. "가장
고통스럽고 받아들일 수 없는 상황 속에 가장 깊은 선(善)

이 감추어져 있다. 모든 재난 속에는 사랑의 씨앗이 들어 있다." 에크하르트 톨레(Eckhart Tolle)의 말은 옳았다.

　최근 시단에서 찾기 힘든, 거시 역사와 인간의 본성을 탐구하는 이 시집에서 이산하는 세 유형의 바퀴를 그린다. 첫째, 역사를 움직이는 동력으로서의 수레바퀴. 이산하는 바퀴의 양 축을 '자본론과 진화론'(「엥겔스의 여우사냥」)으로 파악하는데, 역사의 주인공인 인간이란 무엇인가에 대한 문제가 여기에 겹쳐진다. 이 계열의 시들은 역사의 전개 방향과 인간의 본질에 대해 맑스, 다윈, 엥겔스, 니체, 벤야민 등을 경유하며 탐구한다.

　둘째, 역사를 피로 물들여온 악의 평범성, 즉 인간을 살상하는 끊임없는 폭력의 바퀴. 우리 현대사의 참극을 시각화한 상징인 '지퍼헤드'(Zipperhead)가 이를 대표한다. "한국전쟁 때 미군지프에 깔려 죽은/북한 인민군들 머리와 몸의 바퀴자국이 마치 지퍼무늬 같다고 해서" 생긴 '지퍼헤드'는 미군이 한국인을 경멸할 때 쓰는 말로, 폭력에 희생된 한국인들을 참혹한 형상으로 이미지화한다. 이산하는 자신의 "구속 충격으로 심장마비로 떠난 아버지의 기일"에 "장롱 깊이 묻어둔 청년의 색 바랜 미군잠바"의 "낡고 녹슨 지퍼"를 잘라 소지처럼 불태우면서 역사의 통각을 몸의 감각으로 체험한다. "내 머리 위로 미군지프들이 지나갔다./바퀴자국을 꾹, 꾹 눌러 새기듯 천천히 지나갔다."(「지퍼헤드 2」) 한국 현대사의 비극을 다룬 이 계열의 시들은 역사와 개인의 삶이 분리될 수 없다는 사실과, 지난 역사를 기억해야 하는 당위를 다시금 일깨운다.

셋째, 꿈과 신념이 잿더미가 된 세상에서도 인간이 두 손으로 굴리는 삶의 바퀴. 시 「산수유 씨앗」에 등장하는 '휠체어'는 그 아름답고도 숙연한 예를 보여준다.

어둠과 빛이 교차하자 모든 것들이 지워져간다.
생사의 안팎이 이 한순간의 박명 같은 것일지도 모른다.
이젠 어제 씨앗이었던 저 나무들도 내일은 재로 변하리라.
그 잿더미에서 쌀알 같은 벼꽃들이 피어나기도 하리라.

두 바퀴를 두 손으로 직접 굴리는 이 휠체어는
천천히 손에 힘을 주는 만큼만 바퀴자국을 남긴다.
　　　　　　　　　　　　　　　　　　—「산수유 씨앗」 부분

병원 뜨락에서 이산하는 생의 마지막에 다다른 존경하는 선생이 타고 있는 휠체어를 민다. "두 바퀴를 두 손으로 직접 굴리는 이 휠체어는/천천히 손에 힘을 주는 만큼만 바퀴자국을 남긴다." 휠체어의 바퀴자국은 앞세대와 뒷세대, 과거와 현재가 어떻게 이어져야 하며, 인간이 어떤 자세로 살아가야 하는가를 알게 한다. 이산하가 잿더미가 되었다고 선언한 역사와 삶도, 타인과 함께하는 인간의 정직한 발걸음 속에서 다시 생명을 얻는다. "잿더미에서 쌀알 같은 벼꽃들이 피어나기도 하리라." 타자를 향한 운동성과 각 개인의 성실한 노력을 뜻하는 바퀴자국은 이산하가 한결같이 추구해온 삶의 윤리와 역사의 방향성을 함축하고 있다. 이산하의 대리적 자아를 표상하는 자연물들 역시 삶의 윤리와 운동성이 일치하는 모습으로 묘사된다. "온몸이 상처투성이인/늙은 벽오동 한 그루" 위의 "일생 동안/부화할 때와 죽을 때만 무릎을 꺾는다는/백조 한 마리"(「벽오동 심은 뜻은」), "제아무리 달음박질쳐도 끝내 닿을 수 없는 곳"을 향해 "지금도 꼬리를 높이 치켜들고/부지런히 강을 건너가는 어린 여우"(「어린 여우」) 등. 이산하는 역사의 공동 주체인 우리 모두에게도 윤리적인 운동성을 주문한다. '잿더미'와 같은 뜻인 '백척간두'에서 내디딘 필사의 '한 발'을. "현대사 앞에서는 우리 모두 문상객이 아니라 상주"이기에 "언제나 '최후의 한 사람'"으로서 "백척간두에서 한 발 내디디며 숨을 쉬어야 한다".(「나를 위해 울지 말거라」)

이산하의 시는 아름답고 환한 희망을 제시하는 것으로 마무리되지 않는다. 이산하는 말한다. "내 시집에는 '희망'이라는 단어가 하나도 없다."('시인의 말'). 이 역설(力說)의 문장을 역설(逆說)로 읽기 위해서는 앞서 세 유형의 역사의 바퀴들이 하나가 아닌 여럿의 자국을 남긴다는 사실을 환기할 필요가 있다. 이산하가 구속된 1987년 당시로 잠시 되돌아가 그 바퀴들이 현재까지 남기고 있는 가장 길고 곤혹스러운 자국을 마주하자.

　28살 무렵 '한라산 필화사건'으로 구속되었을 때
　적의 심장부에 두번째 폭탄을 던지는 심정으로
　항소이유서에 '김일성 장군의 노래' 가사를 썼다.
　담당 변호사가 급히 교도소로 달려와 말을 더듬거리며
　"다, 당신, 주, 죽으려고 환장했느냐.
　지금 검찰과 법원까지 발칵 뒤집혀 황교안 공안검사가
　이자는 손목을 잘라 평생 콩밥을 먹이겠다고 난리"라며
　잔뜩 흥분해 소리쳤다.
　그리고 여죄를 캐며 추가조사에 들어간다고 했다.
　난 아무 말 없이 창문 밖의 하얀 자작나무만 쳐다보며
　저 백척간두의 꼭대기로 망명하고 싶다고 생각했다.

　얼마 전 김수영 시인의 미발표 유고시 발굴 기사가 나
왔다.
　표현의 자유를 개탄한 '김일성 만세'라는 작품이었는데
　4·19혁명 뒤에 썼다가 발표되지 않고 50년 후 공개되
었다.
　유통기한이 지난 약처럼 공개되어도 안전할 때 공개되
었다.
　허용된 무기는 이미 무기가 아니다.
　모두 김수영 신화만 덧칠할 뿐 썩은 사과라고 말하지

않았다.

──「항소이유서」부분

역사의 사건들을 파고들면 거기에는 최후의 실체이자 최초의 행위자인 '인간'이 있다. 이산하가 「한라산」으로 체포된 1987년 11월은 대선 한 달 전으로, 법정에 나와 그를 위해 진술해준 변호사나 문인이 한 사람도 없었다. 한 달 후 노태우 정권이 들어서자 '한라산 필화사건'을 맡겠다는 재야변호사들이 속속 나타났는데, 이산하는 홀로 준비했던 편지지 200장 분량의 항소이유서를 찢고 단 한 장에 '김일성 장군의 노래' 전문을 써서 고등법원에 제출한다. "가식과 위선과 허위의식으로 가득 찬 '이 시대의 점진적인 양심들'에게 그런 식으로라도 분노와 경멸의 침을 내뱉고 싶었던 것이다."* 이산하가 '김일성 장군의 노래'를 항소이유서에 쓴 것은 군부독재에 대한 도발적 저항이자, 침묵하는 동시대인들에 대한 참담한 항의였다. 시 「항소이유서」에서 이산하는 '인간'에 주목하면서 '한라산 필화사건'을 모티브로 세 개의 시간을 병치한다. 4·3의 과거, 군사독재의 근과거, 2020년대의 현재. 물론 현재는 앞의 시대들과 거리가 먼 민주화와 촛불혁명의 시대다. 그런데 이 시대는 폭력과 침묵의 과거들로부터 얼마나 멀리 와 있는 것일까? 지금 우리는 "얼마만큼이나 인

* 이산하 '저자 후기', 『한라산』(시학사 2003), 143~46면 참조.

간"으로 살고 있는 것일까? 이산하의 질문은 뼈아프다.

'김일성'은 남북분단을 통치 이데올로기로 활용(혹은 악용)한 군부독재 시대의 최대 금기를 뜻한다. 김수영도 시 「김일성 만세」를 '정치의 자유' '언론의 자유'를 탄압하고 자진 반납하는 현실에 대한 항거로 썼는데, 발표하지 않았거나 못했다. 이 시가 50년 만에 "유통기한이 지난 약처럼 공개되어도 안전할 때 공개"되었을 때, "모두 김수영 신화만 덧칠할 뿐 썩은 사과라고 말하지 않"는 상황에서 이산하의 심경은 남다를 수밖에 없다. 이산하는 과거를 반복하고 재생산하는 현재의 흐름들에 절망한다. 가령 이산하를 담당했던 '황교안 공안검사'는 법무부장관과 국무총리를 거쳐 정치활동 중이고, "영화 속의 「기생충」"이 '리스펙!'이라고 외친, "촛불을 삼킨 스타 괴물들"의 빛나는 스펙은 민주화운동이었다.(「스타 괴물」) 리스펙(re-Spec)의 리스펙(respect). 나라를 뒤흔든 혁명마저도 이 흐름에서 예외가 되지 못했다. "아날로그 양초촛불이 디지털 LED촛불로 바뀌었"을 뿐, "촛불의 시작은 창대했으나 끝은 미미했다"(「촛불은 갇혀 있다」). 4·3과 더불어 이산하와 「한라산」은 최근 국가로부터 공식적인 인정을 받았으나, 아직까지는 그 이상도 이하도 아니다. 이런 연유로, '제주 4·3' 70주년 추념식에서 대통령이 자신을 거명하는 것을 TV로 보고 "유배에서 풀려났"다고 느끼는 순간, 이산하에게는 "새로운 유배지가 어른거린다".(「새로운 유배지」) 이산하는 자신의 근황을 묘사하는 것으로써 2020년대 현실을 겨냥한 「항소이유서」를 마무리한다. "난 여전히 망명도 못한 채 혼자 불을 피우고 혼자 불을 끄며/저 지극한 난공불락의 자작나무 꼭대기만 쳐다보고 있다".

　인디언들은 그 깨어진 구슬을 '영혼의 구슬'이라고 불렀다.

　여러 개의 완벽한 구슬들 사이에 한 개의 불완전한 구슬을
　서로 동등하게 배열해 함께 평등한 존재로 거듭 태어난다는 것
　어쩌면 인디언에게는 처음부터 완벽한 것은 존재하지 않았고
　그 완벽 속에는 영혼이 존재하지 않았는지도 모른다.
　어떤 것이든 상처가 있어야 완전하고
　가장 인간적인 것이 가장 완벽할 뿐이었다.
　이 세상은 어느 곳이나 인디언의 구슬 같은 상처가 있다.
　그 상처가 하나라도 존재하는 한
　그들에게 이 세상은 결코 완전할 수가 없었다.
　그 목걸이를 본 이후 내 영혼은 완벽한 잿더미로 변했다.
　　　　　　　　　　　　　　　　　　　—「영혼의 목걸이」 부분

아마존 인디언들의 '영혼의 목걸이'는 "여러 개의 완벽한 구슬들 사이에 한 개의 불완전한 구슬"을 배열한다. 이 목걸이가 영혼의 목걸이인 이유는 깨어진 한 개의 구슬인 '영혼의 구슬' 덕분이다. 세상 어디든 상처가 있고, 상처가 있어야 완전하며, 상처가 하나라도 존재하는 한 세상은 결코 완전할 수 없다는 것. '악의 평범성'을 정반대로 뒤집는, 모든 존재를 조건에 상관없이 "서로 동등하게 배열해 함께 평등한 존재로 거듭 태어나"는 '영혼의 가치관이자 역사관'. 이를 접한 후 이산하는 "내 영혼은 완벽한 잿더미로 변했다."라고 고백한다. 잿더미의 실체가 '내'가 겪어온 역사와 삶에서, '나' 자신으로 바뀌는 순간이다. '잿더미'가 폐허의 무(無)에서 생성의 무(無)로 변화하기 시작하고, 화법 또한 외부를 향한 선언에서 내부를 향한 고백으로 바뀌고 있다. 이산하는 이러한 존재 변성의 시간을 『역경(易經)』 64괘 중 마지막 괘인 '미제(未濟)'로 표현한다.(「어린 여우」) 삼라만상의 천변만화(千變萬化)를 담아낸 주역이 미완의 열림을 뜻하는 '화수미제(火水未濟)'로 끝나는 것은 자연스럽고도 의미심장하다. 불완전함 속에서, 상처를 품고, '나'와 다른-같은 사람들과 더불어 다시 새롭게 시작하는 것. 예컨대 우리는 '악의 평범성'을 근본적으로 제거할 수는 없더라도 악이 평범하게 활개치는 사회적 조건들을 제거하거나 줄일 수는 있다. 이를 위해 필요한 것은 자기 내부에 잠재된 악을 자각하고 끊임없이 자신을 정화하는 각 개인의 의식과 노력이다.

역사가 발전한다면 자신의 영혼을 향해 깨어 있는 사람들에 의해서일 것이다.

이산하의 새 시집은 절망과 희망, 없음과 있음, 죽음과 탄생이 분리될 수 없이 하나인 자리에서 역사와 삶을 관통하는 영혼의 메시지를 전한다. 역사와 삶의 강을 아직 다 건너지 못한 채 지난 시대의 싸움은 끝을 맞이했지만, 끝은 다시 시작이어서 "완벽한 잿더미로 변"한 '영혼'의 소유자들이 "거듭 태어나"기에 좋은 때라는 것. 이산하의 시는 모든 인간의 삶의 총체 및 무한 연결을 뜻하는 '역사'에서 끝내 '인간의 몫'을 담당해온 '영혼'의 숨결을 일깨우며, 선과 악, 이성과 광기, 정의와 폭력 등의 사이에서 요동해온 역사의 새로운 주체가 '인간의 영혼'이며 '영혼이 깨어 있는 인간'이어야 함을 역설(力說/逆說)한다.

金壽伊 | 문학평론가

자기를 처형하라는 글이 쓰인 것도 모른 채
봉인된 밀서를 전하러 가는 '다윗의 편지'처럼
시를 쓴다는 것도 시의 빈소에
꽃 하나 바치며 조문하는 것과 같은 건지도 모른다.
22년 만에 그 조화들을 모아 불태운다.
내 영혼의 잿더미 위에 단테의 「신곡」 중
이런 구절이 새겨진다.
"여기 들어오는 자, 모든 희망을 버려라."
내 시집에는 '희망'이라는 단어가 하나도 없다.

2021년
이산하